VQ

collect 7

Ahne, Spider, Stein, Tube, Weber & Lt. Surf

Die Rückkehr der Surfpoeten

Verlag Voland & Quist

collect 7
Verlag Voland & Quist, Dresden und Leipzig, 2007

Umschlaggestaltung: Tim Jockel
Satz: Fred, Leipzig
Druck und Bindung: C.P.I. Moravia, Czech Republic
Mastering: Martin Wolter
CD-Produktion: polycopy, Aachen
www.voland-quist.de

Inhaltsverzeichnis

Vorwort

Achtung: die Surfpoeten sind zurück! Zurück in den Regalen der Buchhandlungen. Zurück in den Nylonbeuteln zwischen den Pausenbroten der Schichtarbeiter, zurück auf den traumfeuchten Nachttischen unzähliger Heranwachsender und auf studentischen Wohngemeinschaftstoiletten. Zurück auf Wunschzetteln für den Weihnachtsmann und auf Geburtstagsgabentischen. Zurück als Zeittotschläger auf die Gänge der Arbeitsämter und als Präsente zur Rente. Und die Surfpoeten kehren auch zurück in tausende CD-Player. Ja, seit der letzten Publikation der Surfpoeten hat die CD sich wider Erwarten gegenüber der Vinyl-Schallplatte als Tonträger durchgesetzt. Als hätte er dies geahnt, legte Voland & Quist damals jedem Buch eine dieser gelochten Silberscheiben bei. Vor drei Jahren war das, als »Die Surfpoeten« erschien. Als die erste Tanzveranstaltung der Welt, bei der man nicht nur zur von DJ Lt. Surf sorgfältig ausgesuchten Musik, sondern auch zu Hörspielen von Robert Weber, zu Predigten von Michael Stein und zu Texten von Ahne, Tube und Spider tanzen kann, die Bühne verließ und die Nylonbeutel mit den Pausenbroten der Schichtarbeiter eroberte, die traumfeuchten Nachttische unzähliger Heranwachsender und so weiter, und so weiter …

Aber so wie die Surfpoeten immer wieder auf die Bühne zurückkehren, jeden Mittwoch, seit zehn Jahren, und auf die Tanzflächen, so kehren sie auch wieder in Buchform zurück. Und als CD. Und mit Sarah als Gast.

Denn es gibt immer neue Geschichten zu erzählen. Und noch längst nicht alle Ziele der Surfpoeten sind erreicht: Der Kampf gegen den Zwang zur Lohnarbeit, für Essen umsonst und billiges Bier wird noch lange dauern. Noch oft also werden die Surfpoeten wiederkehren müssen, und sie machen es gerne. Hier kommt Teil II. Hier kommt: »Die Rückkehr der Surfpoeten!«

Einer nach dem anderen – *Spider*

Manchmal wird mir alles zu viel. Zum Beispiel jetzt gerade. Der Computer stürzt ab, meine Freundin klappert mit dem Abwasch, mein Sohn experimentiert neuerdings mit Böckchen, unterm Fenster reißen Bauarbeiter Mutter Erde den Arsch auf, an der Tür klingelt »Wärbung bittäh!«, am Telefon … nein, ans Telefon gehe ich jetzt nicht. Ich muss meine Nerven beruhigen, entspannen, massieren. Ich brauche Trost, Zuspruch, Liebe. Ich brauche Konsum. Ich muss etwas kaufen. Ich muss in die Schön-Schöner-Schönhauser-Allee-Arcaden. Oder, nein, noch besser, in die Kaisers'Kaufhalle. Ja, viel besser. Kaisers'Kaufhalle. Viel besser! Ja! Gut! Also die Hose angezogen und Jacke und Schuhe und eine Schleife gemacht und noch eine. Und den Rucksack gegriffen, den Rucksack mit den vielen Flaschen drin. PET-Flaschen, jede Menge. Auf dem Weg zur Kaufhalle. All die Autofahrer, die nicht richtig fahren können, die nicht mal richtig parken können. Und die Fahrradfahrer, die auch nicht richtig fahren können, sonst trügen sie ja wohl keine Helme. Und die anderen Fußgänger, die bestimmt auch zu irgendwas zu blöd sind. Dazu, an der engsten Stelle nicht stehen zu bleiben zum Beispiel. Auf dem Weg in die Kaufhalle. Manchmal wird mir alles zu viel. Mach ich mir aber nichts draus. Das wird schon wieder. In der Kaisers'Kaufhalle. Die Kaufhalle ist voll. Überall Menschen, und sie bleiben immer an der engsten Stelle stehen. Schlangen an den Kassen, Leute, die den PIN-Code ihrer EC-Karte vergessen haben oder einen 100-Euro-Einkauf mit Gutscheinen bezahlen, wobei ihnen aber 67 Cent fehlen, und weil sie kein Geld dabei haben, überlegen sie ewig, was aus ihren zwei Einkaufswagen sie zurücklegen. Am Eingang kreischen Kleinkinder auf einer Schaukellokomotive nach neuen 50-Cent-Stücken. Vor der Schiebetür jaulen die angeleinten Köter. Es herrscht Bombenstimmung. Stimmung. Ich brauche Trost. Ich suche den Flaschenautomaten. In der Getränkeabteilung ist der Flaschenautomat. Vor ihm ist eine Schlange. Ein Rentner steckt immer und immer wieder eine Flasche verkehrt herum hinein. »Mit dem Boden zuerst«, wird er belehrt, aber er hört so schlecht. Irgendwann bin ich dran. Hinter mir ist die Schlange jetzt richtig lang. Ich hole eine Flasche aus dem Sack und mache es wie der alte Mann. Immer und immer wieder. Immer und immer wieder kommt die Flasche raus. Ich fluche laut, schlage mit der flachen Hand gegen die Vorderseite des Automaten. Dann wieder von vorne. Stimmung in der Reihe hinter mir. »Mit dem Boden zuerst«, hilft mir eine junge Mutti. »Lenken Sie mich nicht ab«, schreie ich sie an, »Ich habe es eilig!« Die Flasche verschwindet im Automaten. Ich drücke den grünen Knopf. Ein Bon wird gedruckt. Ich nehme den Schnipsel, dann klatsche ich mir mit der Handfläche an die Stirn. Ich hole noch eine Flasche aus dem Rucksack. Ich stecke sie mit der falschen Seite zuerst in den Automaten. Wieder und wieder. Bombenstimmung. »Mach bloß hinne!« Ich drücke auf den Knopf für den Bon. Ich fluche laut, ziehe noch eine Flasche aus dem Sack und beginne von vorne. Ich spüre eine gewisse Ungeduld. Manche telefonieren, dass sie später kommen. Die Menschen brauchen Entspannung. Die Ärmsten. Noch ein Bon. Noch eine Flasche. Die Schlange hinter mir zischt gereizt. Noch ein Bon. Noch eine Flasche. Die Schlange hinter mir wächst. »Müssen Sie hier an der engsten Stelle stehen«, hört man vom Eingang der Getränkeabteilung. Ich schlage auf den Automaten. Eine Flasche kommt immer wieder zurück. Vielleicht ist sie sortimentsfremd. »Manchmal wird mir alles zu viel«, stöhnt die junge Mutti. Ihr Kind quengelt. Aus meinem Rucksack hole ich noch eine Flasche. Sie kommt immer wieder zurück, weil nicht mit dem Boden zuerst. Oder ist sie sortimentsfremd? Immer die gleichen Fragen. So oft. Ich hole eine Flasche aus meinem Rukksack, stecke sie in den Automaten, der gibt sie mir zurück. So oft. So oft noch. Als ich fertig bin, verlasse ich mit einem kleinen Stoß Pfandbons die Getränkeabteilung. »Müssen Sie an der engsten Stelle stehen«, schimpfe ich auf einen Bauarbeiter mit Wochenendeinkauf. Er steht ganz hinten in der Schlange. Das Gleiche an der

Schlange vor der Kasse. Einer telefoniert, dass es noch dauert. »Lassen Sie mich bitte durch?«, frage ich die Schlange, die längste der drei Schlangen, »ich habe bloß Flaschenpfand einzulösen.« »Na ja, gut, Hauptsache es geht schnell, aber wir stehen auch.« »Guten Tag«, wünscht mir die Kassiererin. »Ich möchte meinen Pfand«, sage ich und reiche ihr einen Pfandbon. Sie lächelt. Sie schiebt den Bon über den Scanner, kritzelt etwas und gibt mir ein paar Münzen. Die anderen Schnipsel in meiner Hand hat sie noch nicht bemerkt.

Lt Surf empfiehlt zu diesem Text: *Soyol Erdene (Kulturschatz) mit D. Gankhoyag u. B. Nandintsetseg – Orgon Hangajn Nutag (A Broad Expanse)*, Malodija, UdSSR, 1981
Diese mongolische Band errang 1991 den siebten Platz beim World Pop Festival in Tokyo!

Ab wann ist man ein Mann – *Ahne*

Die Tasse Kakao steht noch auf dem Tisch. Ich ließ sie dort stehen, obwohl sie noch nicht ausgetrunken war. Musste mich sputen, musste zur Arbeit.

Jetzt ist er kalt geworden, der Milchtrunk. Ich schütte ihn seufzend in den Ausguss. Der Kakao läuft nicht ab. Ich spüle mit Wasser hinterher. Die Mischung läuft auch nicht ab. Wohl verstopft, der Abfluss.

Plasterohre. Ich erinnere mich, dass wir Plasterohre verlegt hatten, damals bei der Sanierung. In Plasterohre darf man nicht rein mit einer Spirale, glaube ich. Da geht dis dann erst mal richtig kaputt, dis Rohr, glaube ich. Ein Meister des Halbwissens. Meine Herren! Mal hier was aufgeschnappt, mal da. Und eine Melange dessen lege ich mir dann so zurecht, dass ein Schuh draus wird. Ein Schuh, der mir passt.

Ich bin faul. Ich habe keine Lust, mich auf die Suche nach einer geeigneten Spirale zu begeben. Die Rohre sind aus Plaste. Na bitte! Da kann man wohl nichts machen, da gehe ich eben an den Computer und gucke, ob mir wer geschrieben hat. Oh, es hat mir keiner geschrieben. Gar keiner! Niemand! Was für eine Verschwörung ist das denn jetzt bitteschön?!

Könnte eigentlich mal eine Liste mit den zehn schlimmsten Weltverschwörungen ins Internet stellen. Platz eins wäre auf alle Fälle die, wo sich Teufel, Gott und sicherlich auch der Mossad zusammengerauft haben, uns mittels billigster Taschenspielertricks vorzugaukeln, es gäbe überhaupt irgendetwas. Doch bestimmt existiert die schon, die Liste. Wird schon irgendein Arschloch hineingebastelt haben, ins Netz. Oder jedenfalls wird uns vorgegaukelt, irgendein Arschloch hätte die in ein angeblich vorhandenes Internetz hineingebastelt. Schnell ausmachen, das Gerät, sonst wird man noch strahlenkrank.

Vor meinem Fenster blühen Erdbeeren. »Strawberry fields forever«. Wann habe ich eigentlich das letzte Mal Drogen genommen? Is in Kakao Koffein drin? Hat mir vielleicht jetzt jemand geschrieben? Immer noch nicht.

Ich will mich ja sterilisieren lassen. Zick zack, Sack ab! Ich habe genug getan für die Erhaltung der Menschenart. Ich habe mir meine Rente verdient, wallera, da darf ich mich jetzt auch bequem zurücklehnen gefälligst, tätärä. Wird natürlich nich der ganze Sack abgeschnitten, keine Angst meine Damen, nur im Sack, an den Hoden, da sind ja irgendwie so 'ne Rohre dran, also eher dünne Rohre, Kabel, noch dünner, Stricke, Fäden, die ..., durch die strömt jedenfalls die Wichse oder, wissenschaftlich gesagt, die Pampe, das Sperma, meine ich natürlich. Samenleiter. Die müssen zersägt werden. Gekappt, eliminiert. Da werden so winzig kleine Sprengladungen werden da, an denen dran, befestigt. Und die lässt man, in einem geeigneten Augenblick dann, hochgehen. Also möglichst, wenn draußen gerade ein Bus vorbeifährt, damit sich niemand erschrickt, bei dem Knall. Dis is natürlich, mit Megamakrotechnik wird dis gemacht. Davon spürt man gar nichts, als Patient jetzt. Das machen alles Nanoroboter. Die werden in mikroskopisch kleine U-Boote, werden die da hineingesetzt und dann implantiert. Und der Arzt, der Onkel Doktor, der verfolgt dis dann, deren abenteuerliche Reise, auf einem dieser so genannten Flachbildschirme in 600.000facher Vergrößerung. Und dort kann der die dann auch steuern, per Mausklick, oder die moderneren, die haben schon, wie beim Düsenjet, bloß in klein, wie bei einer Playstation so'n Schaltknüppel und, dis is eigentlich voll spannend, weil, da kann ja auch immer was dazwischenkommen, feindliche Viren von links zum Beispiel, die man dann abballern muss oder man steht plötzlich unvermittelt vor einem Rätsel, das gelöst werden will, erst dann kann es weitergehen und überhaupt, die Zeit, das Wichtigste ist ja die Zeit, da geht es um den Rekord, wenn man den knackt, dann winken einem bis zu eine Million Bonuspunkte, dann wäre man der King, also nich du jetzt als Patient, natürlich nich du, der Arzt, der wäre der King.

Gibt's leider noch nicht, dass man da selber mitspielen darf. Sich selbst operieren, das befindet sich noch in der Versuchsphase. Das wird erst noch ausprobiert an Tieren, Ratten und Schweinen, im Weltall. Aber vielleicht, in ferner Zukunft, 2012 oder so, da kann dis schon sein, dass dis dann so Internetcafés gibt, mit so Internetinteraktivoperationssälen. Wo dann die Leute in einer Reihe liegen, in ihren Händen Computerknüppel, vielleicht noch 'ne Schachtel mit Nanorobotern und Zubehör und dann ..., na vielleicht geht dis auch erst 2016.

Ich auf jeden Fall habe keine Angst. Die Technik ist so perfekt vorangeschritten, vielleicht lass ich mir gleich noch meinen Puller vergrößern, bei der Gelegenheit. Wären im Prinzip zwei Fliegen mit einem Schnitt. Bis zu vier Zentimeter geht das, und dicker kann man den, glaube ich, auch machen. Vielleicht nehm' ich sogar ein völlig neues Modell, eines, das so nach oben gebogen ist, mit dem man besser an den G-Punkt dran kommt, dann brauch man sich nicht mehr anzustrengen. Einfach reinstecken, raus, rein, fertig. Absolute Orgasmusgarantie und endlich Ruhe vor Staubwischen und so'm Kram.

Bliebe lediglich das Problem der Lohnarbeit, Krieg und Frieden vielleicht noch, Neid, Missgunst, Katzenpisse und der Abfluss ..., ach, ich guck mal, ob mir jetzt jemand geschrieben hat. Sieh da, Mary McKenzie! Hmm, kenn ich nich.

Lt Surf empfiehlt zu diesem Text: *Man... or Astroman? – Ten Years After World War 4. Album »Made From Technetium«*, One Louder Records, 1997

Man muss auch mal Zeichen setzen! – *Tube*

Wo sind die Eier verdammt noch mal. Ich kann sie nicht finden. Die waren doch letzte Woche noch hier, oder bin ich völlig plemplem?

Verwirrt schiebe ich den Einkaufswagen vor mir her, spähe nach links und rechts in die Regale. Überall sind Kekse drin. Viereckige Kekse, runde Kekse – mit oder ohne Schokolade –, andere Kekse, noch mehr Kekse und Waffeln. Ich weiß doch ganz genau, dass hier neulich noch die Eier gewesen sind, zum Teufel noch mal. Wo sind die Eier? Ich will keine Kekse.

»Wie wär's denn heute mal mit Keksen?«, trillert eine Frauenstimme aus den Lautsprechern an der Decke. »Gönnen Sie sich und Ihrer Familie doch mal eine Packung Kekse. Unser großartiges Sortiment hat für *jeden* Geschmack was dabei. Probieren Sie doch einfach mal die viereckigen Kekse, oder auch die runden, egal, ob mit oder ohne Schokolade, vielleicht aber auch die anderen Kekse, oder sogar Waffeln.«

Verdammt noch mal, ich will jetzt aber Kekse und keine Waffeln. Nee, halt. Stopp. Ich will Eier und keine Kekse. Die verwirren mich ja noch total hier. Schnell weg! Ich kurve mit meinem Wagen um die Ecke in die nächste Gasse, wo es Kaffee und Tee gibt – normalerweise. Jetzt sind die Regale jedoch mit Klopapier, Fischbüchsen und Babywindeln gefüllt. Hä?

»Wie wär's denn heute mal mit Klopapier?«, jauchzt die Frauenstimme wieder von oben. Wie wär's denn heute mal mit Klopapier. Als wenn ich mir den Arsch immer mit 'nem Scheuerlappen abwischen würde. »Sie glauben bestimmt, dass Sie noch genügend Klopapier zu Hause haben. Aber davon können Sie *nie* genug haben. Stellen Sie sich nur vor, mit einem Mal erwischt es Ihre ganze Familie, zum Beispiel mit Durchfall. Das Papier geht zur Neige, und Sie müssten sich Ihrer Vorräte an Scheuerlappen bedienen. Wie unappetitlich. Also, worauf warten Sie noch? Greifen Sie zu! Decken Sie sich ein! Nehmen Sie am besten gleich zwei Familienpackungen mit. Und daneben finden Sie unser Topangebot des Tages, im Preis gesenkte Fischbüchsen, weil heute deren Verfallsdatum ist. Fischbüchsen und Klopapier. Gönnen Sie sich einen Abend mit Abwechslung ganz besonderer Art! Und für die ganz Jungen und ganz Alten stecken Sie gleich noch ein paar Windeln ein!«

Was will ich denn jetzt eigentlich hier? Fischbüchsen für Durchfall, dazu Klopapier, zwei Familienpackungen, ach was, ich nehme lieber gleich drei, dann ein paar Windeln für die Oma, und dann wollte ich doch noch irgendwas, was war das denn noch mal ... ach ja! Kekse. Wo waren die Kekse gleich noch? Ich glaub hier um die Ecke.

Huch? Nee. Hier ist Katzenfutter.

»Wie wär's denn heute mal mit Katzenfutter?« Wie wär's denn mal mit Katzenfutter? Als wenn ich 'ne Katze hätte. »Oder auch Hundefutter«, ergänzt die Lautsprecherfrau. Ich hab auch keinen Hund. »Sind Sie nicht am Eingang gerade noch gefragt worden, ob Sie vielleicht einen Euro übrig hätten? Und haben Sie da nicht geantwortet: Nein? Und hat man Sie dann nicht gefragt, ob Sie nicht wenigstens eine Dose Hundefutter mitbringen könnten? Also, worauf warten Sie noch. Zeigen Sie, dass auch Sie ein Herz haben. Greifen Sie zu! Solange der Vorrat reicht.«

Gut, Hundefutter, zehn Dosen, ach und vielleicht auch noch ein bisschen Katzenfutter. Ja, Katzenfutter kann man doch immer mal ganz gut gebrauchen. So. Jetzt nur noch die Kekse finden, dann hab ich, glaub ich, alles zusammen.

Ich rolle den Wagen in die nächste Gasse. Wo waren denn bloß die Kekse vorhin? Hier gibt's nur Eier. Hä? Waren hier nicht sonst immer die Kartoffeln?

»Wie wär's denn heute mal mit Eiern? Kaufen Sie! Na los! Machen Sie! Schnell! Gleich drei Stiegen.«

Stimmt. Beinahe hätte ich es ja vergessen. Ich wollte doch auch noch Eier kaufen. Ich hieve drei Stiegen in den Drahtwagen. Jetzt aber wirklich nur noch die Kekse wiederfinden, dann hab ich alles, oder?

Zwanzig Minuten später stoße ich endlich wieder zu den Keksen. In meinem Einkaufswagen stapeln sich mittlerweile neben Eiern, Klopapier, Fischbüchsen, Windeln, Katzen- und Hundefutter auch noch Kochtöpfe, Bettwäsche, vier Säcke Blumentopferde und Dünger sowie eine Brotbackmaschine nebst einem Flügelschraubenbüchsenöffner für die Fischbüchsen. Ich bin überall gegengerasselt, weil ich oben nicht mehr richtig drübergucken und die enorme Masse nicht so leicht zum Stoppen bringen konnte.

Als ich die Kekse nehme, bemerke ich plötzlich, dass sie nicht mehr in den Wagen passen und ich eigentlich auch gar keine Kekse haben wollte, und das andere Zeug, das wollte ich doch auch gar nicht haben, und das Geld, das alles zu bezahlen, habe ich ja auch nicht dabei.

»Haben Sie kein Geld dabei? Bei uns können Sie auch bargeldlos bezahlen.«

Nein, das will ich nicht. Ich will das alles gar nicht. Das ist doch nur Beschiss hier. Ja, Beschiss ist das. Ich will das Zeug überhaupt nicht haben. Ich will nicht mal Eier. Ich werde alles wieder ausladen. Genau. Das mach ich jetzt. Ich werde alles ausladen.

Zuerst leg ich wohl am besten mal die Brotbackmaschine wieder zurück. Aber wo war das nur? Wo muss ich die denn jetzt hinbringen? Wo hab ich die eigentlich her? Ich kurve wieder durch die Gegend und lege nach und nach alles in die Regale zurück. Die Fischbüchsen, das Katzenfutter, das Klopapier.

Es vergeht ein halbe Stunde, bis ich wieder bei den Keksen vorbeikomme.

Mein Einkaufswagen ist nicht leerer geworden. Zwar hab ich kein Klopapier und so was mehr drin, dafür aber jetzt fünf Fußabtreter, zehn Bratpfannen und 60 Tatzen Bananen. Hab ich mir unterwegs aus irgendeinem Grund wohl gedacht, dass ich das alles vielleicht ganz gut gebrauchen könnte. Brauch ich aber gar nicht alles, verdammt noch mal, bemerke ich jetzt abermals.

Wenn ich den Kram gleich wieder ausladen gehe, hab ich am Ende bestimmt noch zwei Fahrräder und drei Säcke Scheuerlappen, zum Abwischen, im Einkaufswagen. Dieser Teufelskreis. Es gibt nur eine Chance auszubrechen. Ich muss etwas ganz Unkonventionelles tun. Ja, das mache ich jetzt. Ich tue etwas ganz Unkonventionelles.

Ich schütte die Bratpfannen, die Fußabtreter und die 60 Bananentatzen ins Keksregal. So! Und jetzt schnell weg hier nach draußen und ohne umgucken.

Im Rücken höre ich noch jemanden sagen: »Hä? Waren hier nicht sonst immer die Kekse? Was soll ich denn mit Bananen?«

Als ich mich mit dem leeren Wagen neben der Schlange an der Kasse vorbeischiebe, setzt Getuschel ein. Ich merke, dass sie über mich reden. Flüsterfetzen flattern in meine Ohren. »Völlig leer der Wagen. Unglaublich. Das gibt's doch nicht.«

Endlich schiebe ich mich durch die beiden Wände mit den roten Lämpchen drauf. Augenblicklich geht ein Fiepen und Piepen los. Die Lämpchen blinken, ein Detektiv kommt angerannt und schaut in meinen Wagen, steckt seinen Kopf rein und inspiziert mit einer Lupe jede Ecke.

»Ist der etwa leer?«, fragt er mich.

»Ähm. Ja, nichts drin.«

Hinter mir schwillt wieder Gebrabbel an. »Der hat wirklich nichts gekauft. Unglaublich. Gibt's denn so was?« kann ich mang den Geräuschen herausfiltern. Auch die Kassiererinnen haben ihre Arbeit für einen Augenblick eingestellt und gucken.

»Sie wollen wirklich nichts kaufen?«, fährt der Detektiv fort. »Gefallen Ihnen etwa unsere Produkte nicht? Glauben Sie etwa, dass die Bratpfannen, die wir hier anbieten, Löcher haben?«

»Ähm, nö, eigentlich nicht.«

»Also, warum *kaufen* Sie dann keine Bratpfanne, bitteschön?«

Wieder wird getuschelt: »Nee, das schafft der nie. Ich sag, der geht gleich zurück und holt 'ne Bratpfanne. Der ist jetzt voll eingeschüchtert. Und Eier und Klopapier kauft der auch gleich. Hier kommt man nicht so raus. Nee, keine Chance. Äh, äh.«

Langsam, Schritt für Schritt bewege ich mich vorwärts, schiebe mich in Richtung Ausgang. Neben mir der Detektiv, er schaut mir in die Augen. Totenstille kehrt ein, als ich dicht beim Ausgang stehen bleibe. Alle starren mich an, der Detektiv, die Kassiererinnen, die anderen Kunden.

Spannung liegt in der Luft. Sie scheint stillzustehen. Jetzt oder nie …

»Man muss auch mal Zeichen setzten!«, rufe ich und ramme den Wagen in die Kolonne der geparkten Einkaufswagen, schnappe blitzschnell das Kettchen mit dem Stecker. Schnipp, kommt der Euro heraus, ich nehme ihn und springe zur Tür.

Der Detektiv hat keine Chance.

Und während die Glastür hinter mir zuschwingt, höre ich die Menschen jubeln und applaudieren, und ich höre wie weitere Einkaufswagen ausgeschüttet werden.

Lt Surf empfiehlt zu diesem Text: *Albert Collins & his Rhythm Rockers – The Freeze. Kangaroo,* Housten 1958.
Der »Master of the Telecaster« wurde in den 50er Jahren mit seinen »guitar walks« durchs Publikum bekannt.

Ode an die Stammkneipe – *Robert Weber*

Zwei Dinge braucht ein Mann, alles andere ist nur Beiwerk. Freundinnen kommen und gehen. Freunde heiraten, ziehen weg oder mit deiner Freundin zusammen, doch die Stammkneipe bleibt. Egal, ob im Urlaub, auf Dienstreise oder zuhause – als Erstes sollte man sich immer eine Stammkneipe suchen. Als Zweites ein Hobby. Am besten eines, das mit der Stammkneipe korrespondiert, Bier trinken zum Beispiel.

Die Stammkneipe bietet Schutz und Trost vor den Fährnissen des Lebens. Ist Hort der Muse und des Lasters gleichermaßen. An trüben Tagen kann man aus der Stammkneipe hinausschauen, an schönen von draußen hinein. Zumindest einer freut sich immer dich zu sehen: der Wirt. Der Wirt ist das Herz der Stammkneipe. Er ist Arzt, Therapeut, Psychologe und Sozialarbeiter in einer Person. Im Vergleich zu dem, was genannte Berufsgruppen für ihre Leistungen berechnen, ist die Zeche, die am Ende des Abends in der Stammkneipe an den Wirt zu zahlen ist, ein Klacks und falls man mal blank ist, fungiert die Stammkneipe sogar als Bank, allerdings ohne deren horrende Zinsen. Der Deckel ist der ultimative Vertrauensbeweis und sichtbares Zeichen dafür, dass man am Ende seiner Suche angelangt ist. Kann man anschreiben lassen, hat man es geschafft und seine Stammkneipe gefunden.

Männer, so besagt eine Studie, gehen in die Kneipe, um Frauen kennenzulernen. Das ist ausgemachter Blödsinn, den sich nur ein Soziologe einfallen lassen kann. Die Frau ist ein Fremdkörper in der Stammkneipe. Sie schürt Zwietracht und Neid, reißt die Kommunikation an sich oder zerstört die meditative Stille, in der man doch eigentlich den Sinn des Lebens oder wenigstens Gott zu finden hofft. Der Geruch ihres Parfüms bringt die ausgewogene Zusammensetzung von Zigarettenrauch und Alkoholdünsten durcheinander. Ihr Anblick beleidigt jeden, der auch nur ansatzweise ein Gespür für die Ästhetik der Stammkneipe hat. Die Anwesenheit einer Frau führt insgesamt zu einer harmonischen Schieflage und stört das empfindliche Gleichgewicht dieses Soziotops. Natürlich kann man einer Frau nicht verbieten, die Stammkneipe zu betreten, aber wenn sie nur über einen Hauch von Sensibilität verfügt, eine Spur von Empathie besitzt, nicht völlig dem Egoismus verfallen ist, der unsere Gesellschaft in den Klauen hält, sollte sie doch auf die, nennen wir sie ruhig *religiösen*, Gefühle der Stammgäste einer Stammkneipe Rücksicht nehmen und einen anderen Ort aufsuchen, um ihren Glauben auszuüben. Der Stammgast einer Stammkneipe geht schließlich auch nicht ins Kino, ins Theater oder auf Vernissagen, geschweige denn in die so genannte *Natur*. Er weiß, dass er dort nur stören würde, nein, er geht Tag für Tag in seine Stammkneipe, so, wie es sich geziemt.

Er setzt sich immer auf denselben Platz oder wartet, bis dieser endlich geräumt wird, sofern nicht schon der Wirt ein Augenmerk darauf hat, das Laufpublikum, mit Hinweis auf den Stammgast, darauf aufmerksam zu machen, dass dieser Platz zu einer entsprechenden Uhrzeit auf gar keinen Fall zu besetzen sei, es sei denn, durch den Stammgast selbst, der, wie es seiner Gewohnheit entspreche, jeden Moment eintreffen müsse, ansonsten er sich ernsthafte Sorgen mache, aber auch dann nicht.

Der Stammgast ist es schließlich, der umgekehrt den Wirt in seiner Berufswahl bestätigt, der ihm zeigt, dass er sich richtig entschieden hat auf einer der zahllosen Abzweigungen seines Lebens. Und so erhellt sich denn auch jeden Tag, wenn auch unmerklich, sein Gemüt, wenn er den Stammgast durch die Tür treten sieht und dieser sich wortlos auf dem ihm zugestammten Platz niederlässt.

Jetzt ist die Zeit für den Wirt gekommen zu zeigen, dass Wirtsein mehr bedeutet, als Bestellungen aufzunehmen, denn bestellen tut der Stammgast schon lange nicht mehr. Es ist nicht mehr nötig, weil er, wie es sich für einen Stammgast gehört, immer das Gleiche trinkt und genau jenes ihm der Wirt, ebenso wortlos, vor ihn auf den Tresen stellt. Es ist dieses Ritual, dass den Stammgast glücklich macht, diese schweigende Übereinkunft zwischen ihm und der Welt, die Sicherheit, die er braucht, um nicht ins Haltlose zu stürzen. Dieses erste Getränk des Abends, für das er keine Worte verlieren muss, dieser Platz vor dem Tresen, der immer für ihn da sein wird, auch wenn er einst schon lange gestorben ist.

Lt Surf empfiehlt zu diesem Text: *Noir Desire - Le vent nous portera. Album »des Visages des Figures«,* Barclay, 2001

Dasselbe noch einmal – *Ahne*

Habe gerade in der Zeitung einen bemerkenswerten Satz von Drehbuchautor Wolfgang Kohlhaase gelesen. Dieser Mann, der für Filme wie »Solo Sunny«, »Berlin – Ecke Schönhauser« oder »Sommer vorm Balkon« verantwortlich zeichnet, sagte zum Umgang mit der DDR-Geschichte: »Man trifft so viele Sieger, die gar nicht mitgespielt haben.«

Diese Sieger sitzen jetzt um mich herum. Wahrscheinlich sogar gehöre ich schon zu ihnen. Schließlich gehe auch ich mittags nicht gerade selten essen, beim Vietnamesen an der Ecke. Gebratener Reis mit Gemüse, 3,40 Euro. Bisschen Sojasoße drauf, das bildet dann die Basis für den Tag.

Ich lese ja oft Zeitung. Ich weiß, ich sollte das nicht tun. Ich rege mich nur auf und das schadet mir. Das schadet meiner Gesundheit. Ich muss aufpassen, schließlich, ich bin nicht mehr der Jüngste. Die Mandeln sind bereits raus, die Milchzähne auch, nächste Woche bekomme ich ein künstliches Hüftgelenk. Mit 39 Jahren. Oder, warte mal? Doch, 39. Im Kopf, das geht noch.

Meine Mutter zieht ja zum Wasserturm. Prenzlauer Berg, Nähe Kollwitzplatz. Zu den Siegern. Diedenhofer Straße, 50er-Jahre-Bau. Ich habe mich verpflichtet, da die alte Tapete abzureißen. Im Wohnzimmer ist das auch kein Problem. Die Vormieter haben die allem Anschein nach mit Spucke rangeklebt. Spucke gab's ja im Osten zur Genüge. Geduld und Spucke. Aber für die Küche, da musste wohl der Inhalt eines Westpaketes dran glauben. Dis muss mindestens Adidas-Kleber gewesen sein. Vielleicht sogar NASA. NASA-Atomkleber aus der Weltraumforschung und das gleich bei vier Schichten Tapete übereinander. Zuunterst als Zugabe noch so 'ne Art Holzimitation, die man nur mit Hilfe einer Schleifmaschine runterkriegt. Das heißt, vielleicht kriegt man sie damit runter. Ich hab's ja noch nicht geschafft. Noch sitze ich ja hier im Restaurant zwischen den Siegern und versuche die zweite Ladung Sojasoße auf den Reis zu spritzen.

Doch irgendwas muss mit der Düse nicht hinhauen, da kommt nichts raus. Da muss was nicht in Ordnung sein. Verstopft. Scheiß Osten, Ferner! Okay, zu früh geärgert. Heiliges Kanonenrohr! Mit Wasser verdünnt könnte man dis eventuell noch als Suppe genießen. Hmm. Na ja. Ich darf mein Gesicht nicht verlieren. Nicht vor den Siegern der Geschichte, noch dazu in einem asiatischen Restaurant. Also, Augen zu und durch. Lächeln beim Essen, Ahne. Ja, auch wenn die da drüben sich noch lauter über die unglaublich billigen Berliner Wohnungsmieten echauffieren. Nächste Woche, mit meinem neuen künstlichen Hüftgelenk, kann ich sie wieder standesgemäß in den Arsch treten, aber davor heißt es kühle Zurückhaltung bewahren. Contenance. Immer lächeln. Die sollen sich nicht einbilden, mir wäre ein Missgeschick mit der Sojaflasche passiert. Ich esse sehr gerne sehr salzig oder wie auch immer das schmeckt. Lächeln, immer feste lächeln und schön die Zähne zusammenbeißen.

Nachts, da knirsche ich ja sehr oft mit den Zähnen. Dis nervt. Vielleicht ist auch dadurch dis Hüftgelenk kaputtgegangen. Dis überträgt sich ja, die Spannung, übers Gesicht und dann so runter, die Muskeln lang, bis zu den Gelenken. Wellenförmig. Da geht natürlich alles kaputt, sagt die Zahnärztin. Muss ich jetzt hin, zu so 'ner Spezialbehandlung, bei der. Kostenpunkt 500 Euro, was noch günstig sei, meint sie. Meine Freundin meint zwar, wir hätten das Geld nicht, aber ich sage, die Gesundheit, die geht vor. Schließlich, wer stellt einen heutzutage noch ein, wenn man kein Gelenk mehr hat oder mit den Zähnen knirscht? Adidas bestimmt nicht. Nein, dann lieber eine Bank überfallen.

Ich kannte sogar mal jemanden, der mit mir zusammen eine Bank überfallen wollte. Wie die RAF früher oder noch früher Störtebecker. Der hatte sich schon alles überlegt, hatte alles schon besorgt, einen Müllsack für dis Geld und der kannte bereits eine prima Straßenbahnhaltestelle, von der aus man perfekt fliehen konnte. Die Sache war normalerweise geritzt, das Baby fast in trockenen Tüchern, als dann doch noch was dazwischen kam. Seine Oma. Sie starb. Sie vererbte ihm alles. Er war reich.

Ich bin arm. Aber was heißt hier eigentlich arm?! Im Weltmaßstab betrachtet bin ich immer noch reich. Und im universellen Maßstab erst mal!

»Herr Ober, dasselbe bitte noch einmal.«

Lt Surf empfiehlt zu diesem Text: *Charles Manson – Don't Do Anything Illegal. Album »The Love And Terror Cult«*, ESP, 2006

Wenn die Gärtner Pause machen – *Spider*

Es ist Frühling. Frauen in Gummistiefeln durchkämmen Parks nach Zigarettenkippen, Scherben und Müll. Männer in derben, grünen, Wasser abweisenden Strampelanzügen beschneiden Straßenbäume mit Motorsägen in Schwindel erregender Höhe. Sie haben ihre Hebebühne mit dem langen, kranartigen Auslegerarm genau unter meinem Fenster aufgestellt und steuern die Gondel mit geschickten Händen am Joystick von Baum zu Baum. Baumpfleger kappen Äste, lichten Kronen, stutzen geilendes Grün. Ich sehe ihnen zu, während ich aus der Teetasse Tee schlürfe. Dann ist Mittagspause. Die Männer mit den Kettensägen gehen irgendwo etwas essen und einen Kaffee trinken. Zum Fleischerimbiss oder zum Bäcker oder an die Currywurstbude. Die Hebebühne ist jetzt für eine Stunde frei zur sekundären Nutzung. Männer in Arbeitsoveralls sind nicht dumm. Wenn sie sich einen Euro dazu verdienen können, dann vermieten sie ihr Werkzeug.

Als Erstes besteigt eine verlegene Blondine die Arbeitsplattform. Mich kann sie nicht sehen hinter meinen Jalousien. Unsicher steuert sie das oberste Stockwerk an. Ich öffne die Fenster, um besser hören zu können. Aha, es geht um die alte Frau Schünemann, die gerade Wäsche auf dem Balkon aufhängt. Die Blondine auf der Hebebühne fragt: »Guten Tag, haben Sie einen Telefonanschluss bei der Telekom? Wollen Sie Geld sparen? Wir haben da fantastische Tarifangebote für Sie ...«

»Sie kommen jetzt ans Fenster«, wundert sich die Schünemann, »sonst sind Sie doch immer an der Tür?«

»Ja, heute haben wir einen Vertrag mit der Gartenbaufirma, da müssen wir nicht an den Haustüren klingeln, ewig an der Sprechanlage warten und so weiter, außerdem entfällt das Treppensteigen, da haben wir mehr Zeit und Energie für die Kundeninformation. Also zum Beispiel unser XXXLLL-Superspar-Premium-Tarif, damit sparen Sie bis zu vier Euro im Jahr ...«

»Das klingt ja wirklich gut. Wo muss ich unterschreiben?«

»Hier auf Seite ... He, was ist denn jetzt los?«

Die Gondel schwankt. Der Abstand zwischen Frau Schünemann und der blonden Tarifnutte vergrößert sich, der Kranarm bewegt sich. Aha, unten am Schaltkasten, wo man das Ding auch bedienen kann, steht eine von der Konkurrenz. Sie ruft: »Hallo Frau Schünemann, keine Sorge, das haben wir gleich. Ich habe Sie sozusagen gerade gerettet, glauben Sie dieser unseriösen Person kein Wort. Ich habe einen Tarif für Sie, da sparen Sie satte 4,99 Euro.«

»Ich war zuerst hier«, kreischt die Frau, die zuerst da war. Dann erreicht ihre Plattform den Boden. Dann stürzt sie ihrer Rivalin an die Gurgel. Dann beginnt eine Rauferei. Haarbüschel fliegen und Wäschefetzen. Ich öffne meine Jalousien, scheiß auf die Deckung, um besser sehen zu können. Ich bin nicht der Einzige. Plötzlich ruft die alte Schünemann: »Achtung!«

Alle Jalousien flattern wieder hernieder, denn unten nutzt der GEZ-Mann den Streit der beiden Telefon-Tussis um die Hebebühne zu entern. Er will auch gar nicht mit jemandem reden, er will bloß mal durch die Fenster schauen und kucken, ob die hier wirklich alle keinen Fernseher haben. Den haben sie natürlich alle, aber sie haben auch alle entweder eine raffinierte Jalousie, oder eine täuschend echt gestaltete Aquariumattrappe, die blitzschnell über den Fernsehapparat gestülpt wird. Die in der Regel auf den Couchtischen herumliegenden Fernbedienungen wirken mit einigem Abstand unverdächtig, wenn man ihnen einen Bleistift anklebt und so das Aussehen älterer Mobiltelefone verleiht.

Der GEZ-Mann – es sind nie nette junge Damen, wie uns die Werbung weismachen will –, der GEZ-Mann fährt unverrichteter Dinge wieder zur Erde herab. Die beiden Streithennen sind auch wieder verschwunden. Aber da warten schon die nächsten. Ein Kerl mit Klemmbrett. Er versucht Internet an den Mann zu bringen, das heißt, eigentlich an die Frau, die Frau Schünemann.

»DSL«, sagt er, »unschlagbar günstig«, sagt er.

Die alte Frau Schünemann ist skeptisch. »Ich bin doch für so was viel zu alt«, sagt sie.

»Ach was«, sagt der Internet-Mann, »holen Sie sich mit Internet einfach ein Stück ihrer Jugend zurück, zum Beispiel Nazi-Propaganda.«

»Das klingt ja wirklich gut. Wo muss ich unterschreiben?«

»Hier auf Seite … He, was ist denn jetzt los?«

Die Gondel schwankt. Der Abstand zwischen Frau Schünemann und der männlichen Tarifnutte vergrößert sich, der Kranarm bewegt sich. Aha, unten steht der junge Mann vom Paketdienst. Er verjagt den DSL-Mann, denn er hat keine Zeit, sondern es eilig. Er muss Pakete austragen. Früher musste er alle Sendungen bei mir im Hochparterre abgeben, wenn im Haus sonst niemand zu Hause war. Heute kann er die Päckchen und Pakete in die Balkons legen, dank der Hebetechnik vom Gartenbau. So hat der technische Fortschritt auch immer eine gute Seite.

Apropos Gartenbau: Pünktlich als der Paketdienst fertig ist, ist auch die Mittagspause der Baumpfleger zu Ende. Sie gehen wieder an ihre Arbeit. Zeit auch für mich, die Teetasse abzustellen, das Fenster zu schließen und einen Text zu schreiben.

Lt Surf empfiehlt zu diesem Text: *Southern Culture On The Skids – Too Much Pork for Just One Fork. Album »Ditch Diggin'«*, Safe House, 1994

Zehn gute Gründe, sich vorzeitig zu verabschieden: 1. Natur – *Robert Weber*

Natur zum Beispiel, dieses angebliche Ereignis mit seinen Gewalten, die immer wieder hereinbrechen, um sich kurz darauf hinterfotzigst von ihrer schönsten Seite zu zeigen, die man sich auch noch antun muss, weil ohne man ja kein Mensch ist, der ja auch nur Bestandteil dieses Gekräuchs und Gefleuchs, dieses wuchernde, krabbelnde, sich gegenseitig auffressende, blühende, duftende, Wind, Wellen und Wetter schlagende Ungetüm, in welches man vom Weibe hineingezwungen wird, in Form von Gebären und Ausflügen in dasselbe, überhaupt, dieses jahreszeitlich bedingte Ausgeflügele hinein in eine feindliche Umwelt, dieses Spazierengegängele in ein scheinbar domestiziertes Etwas, welches nur darauf wartet, die Hosen herunterzulassen, um sich ein natürliches Recht auf einen natürlichen Lebensraum zurückzuerobern, ja, und wenn, dann dies unter Missachtung jeglicher Konventionen und Absprachen, wie man sieht und gesehen hat, dieses sich arglistig ein äsendes Reh in den Wald stellende Miststück, dieses Zufallsprodukt einer Singularität, dieses letztlich berserkernde, vergleichsweise zeitlose weil alles überdauernde Ding, in das man dann eingegraben wird, als Wurmfutter, dass man das auch noch schön finden soll, all das (ist ein Grund, um vorzeitig abzutreten).

Lt Surf empfiehlt zu diesem Text: *Bayon – Stell Dich mitten in den Regen. Album »Hallo Nr. 1«*, Amiga 1972.
Text: Wolfgang Borchert (1940)

SW-Photo – *Lt. Surf*

Graue Flecken unter den Augen
Das könnte Blut sein oder Dreck
Eine Pollenallergie oder Bindehautentzündung
Oder eine Bierphobie

Doch was das auch immer ist
Es wird nicht besser ohne Salbe
Es wird nicht besser ohne Arzt
Es wird nicht besser ohne Geld

Es kommt ein allgemeines Morden
Es gibt viele Ziele
Für Gewalt
Gebt mir endlich ein Gewehr
Wer gibt mir endlich ein Gewehr

Ich bin mutlos, aber frech
Ich bin schon länger weg, gefangen
Ich muss hier endlich wieder weg
Ich muss ans Meer

Graue Flecken an den Händen
Das könnte Blut sein oder Dreck
Ein schlimmer Ausschlag, eine Seuche
Wenn's schlimm kommt, eine Bierphobie

Doch was das auch immer ist
Es wird nicht besser ohne Salbe
Es wird nicht besser ohne Arzt
Es wird nicht besser ohne Geld

Ich muss ans Meer
Ich bin trostlos, aber kalt
Ich muss ans Meer

Graue Flecken im Gehirn
Das könnte Blut sein oder Dreck
Eine praktische Lobotomie
Oder einer oder zwei Gedanken
Oder eine Bierphobie

Doch was das auch immer ist
Es kommt ein allgemeines Morden
Es gibt viele Ziele für Gewalt
Gebt mir endlich ein Gewehr
Wer gibt mir endlich ein Gewehr

Ich muss ans Meer

Lt Surf empfiehlt zu diesem Text: *America – Horse With No Name.*
Erste Single der Band, Warner Brothers, 1971.

Wie ich mal mit Susanne abrechnete – *Tube*

Wer die in diesem Text verwendete Abkürzung AB nicht kennt, dem sei gesagt, dass AB für Anrufbeantworter steht, wobei das A für das im zusammengesetzten Substantiv Anrufbeantworter enthaltene Wort Anrufbeantworter steht und das B überflüssig ist. Man könnte also genauso gut A zum AB sagen, doch hat es sich in gewissen Kreisen manifestiert, AB zum A zu sagen, was in einem alten Sprichwort seine Ursache hat: »Wer A sagt, muss auch B sagen«.

Susanne rief mich an und sagte: »Hallo! Wie geht's dir so?«

Nanu? Susanne? Das war doch mehr als drei Jahre her. Was wollte sie auf einmal?

»Hallo«, antwortete ich.

»Jetzt haben wir uns drei Jahre nicht gesehen«, sagte sie, »Ich wollte mich mal nach dir erkundigen, wollte mal schauen, ob es dich noch gibt.«

»Ja, mich gibt's noch. Ich bin kein Anrufbeantworter.«

»Ja, ja, das hab ich mitbekommen. Ich wollte nur mal ...«

»Reingefallen. Du sprichst doch mit einem Anrufbeantworter«, unterbrach ich sie. »Wenn du eine Nachricht hinterlassen willst, sprich nach dem Piep.« Ich pfiff in den Hörer.

»Ha, ha, ha«, sagte Susanne. »Sehr witzig, dein Spruch auf dem AB. Da fällt bestimmt jeder drauf rein. Hallo Tube! Hier ist Susanne. Ich wollte mich mal nach dir erkundigen, wollte mal schauen, ob es dich noch gibt. Ruf doch mal zurück, wenn du Zeit hast.«

»Klar, mach ich«, sagte ich.

»Hä?«, sagte sie, und ich legte auf.

Damit habe ich sie bestimmt vollends verwirrt. Das ist ein passiver Telefonstreich gewesen, so würde ich es nennen, wenn man angerufen wird und Blödsinn verzapft. So was habe ich früher öfter mal gemacht.

Vielleicht so:

»Bier und Brause für zuhause, wir liefern billig, schnell und gern.«

»Hä? Eigentlich wollte ich Tube anrufen.«

»Hier ist Bier und Brause für zuhause.«

Der Anrufer legt verwirrt auf, weil er denkt, er hätte sich verwählt, und ruft wenige Minuten später noch einmal an.

»Irrenanstalt Albert Einstein?«, sage ich dann.

»Ähm, eigentlich wollte ich Tube anrufen.«

»Tube? Moment ich verbinde.« Ich pfeife Beethovens »Für Elise« in den Hörer.

»Ich bin Tube, hallo, mit wem habe ich die Ehre zu sprechen?«

»Hallo Tube? Bist du es? Hier ist Susanne.«

»Eh, warum nimmst du mir den Telefonhörer weg? Aua, hör auf«, sage ich und werfe den Telefonhörer auf den Boden. Dann nehme ich ihn wieder ans Ohr und spreche: »*Ich* bin Tube.« Halte den Hörer in die Luft und rufe: »Nein. *Ich* bin Tube.« Nehme den Hörer wieder ans Ohr und sage: »Die sind ja alle irre hier. Also: *Ich* bin Tube. Mit wem habe ich die Ehre zu sprechen?«

»Ich glaub, ich bin irre«, sagt Susanne, »Ich hab mich schon wieder verwählt.«

»Ah ich weiß, Sie wollten Bier und Brause für zuhause, stimmt's? Die landen ständig hier. Furchtbar. Wie soll man dabei nur normal bleiben.«

Und früher, als die Vermittlungsstellen noch rein elektromechanisch funktioniert haben, bin ich gelegentlich in ein Telefongespräch zweier x-beliebiger Menschen hineingeraten. Beispiel: Es telefonieren ein Mann und eine Frau.

»Ich liebe dich«, sagt der Mann und küsst den Telefonhörer.

»Ich liebe dich auch«, sagt die Frau.

»Bist du dir sicher?«, sage ich und halte dabei den Telefonhörer in die Luft.

»Ja, ganz sicher«, sagt die Frau.

»Wer war das? Hast du Besuch?«, sagt der Mann.

»Ich? Besuch? Nein«, sagt die Frau.

Seit das Telefonnetz digital geworden ist, erlebt man solch nette Begebenheiten nicht mehr. Dafür gibt es mehr von den lustig gemeinten, aber unglaublich langweiligen Anrufbeantwortersprüchen. Typisch hierfür ist, dass man sich erst die Takte eines Lieblingsliedes der Lieblingsgruppe der angerufenen Person anhören muss, bevor man selbst was sagen darf.

Ganz nett finde ich die AB-Sprüche auf manchen Handys, mit denen der Teilnehmer erklärt, dass er mit der neuen Technik absolut überfordert ist. Diese Sprüche gehen so: Eine weibliche Stimme sagt »Sie sind verbunden mit der Mailbox von: ›Was muss ich jetzt machen?‹«

Am nächsten Tag rief Susanne wieder an.

»Hallo! Wie geht's dir so. Hab dich gestern schon angerufen, aber da war nur dein AB dran.«

»Ja, ich weiß«, sagte ich. »Was gibt's?«

»Ach nichts, wollt mich nur mal melden.«

»Das glaub' ich nicht. Jetzt nach drei Jahren? Du willst irgendwas Bestimmtes.«

»Stimmt. Ich hab' einen neuen Freund.«

»Wie interessant.«

»Ja, ja. Und jetzt wollte ich mit meinem neuen Freund schlafen«, sagte sie.

»Mach doch«, sagte ich. »Mich brauchst du dazu nicht zu fragen.«

Dann erklärte mir Susanne, dass sie, bevor sie mit ihrem neuen Freund schlafen dürfe, einen Aidstest machen müsse.

»Das ist sehr positiv«, sagte ich. »Man kann da nie vorsichtig genug sein.«

»Ja, positiv, da hast du recht«, sagte sie. Aber wenn ich ihr jetzt versichern könne, dass ich nicht aidskrank sei, dann könne sie auf den Test verzichten.

»Du, Susanne, das ist drei Jahre her. Was hast du die ganze Zeit gemacht?«

Nichts. Ich sei der Einzige, bei dem sie sich, wenn überhaupt, angesteckt haben könnte, und wenn ich ihr versicherte, dass ich clean sei, dann müsste sie diesen Test nicht machen.

»Nein, nein. Ich hab so was nicht. Du kannst ganz beruhigt sein, Susanne«, sagte ich.

»Na, da bin ich aber beruhigt«, sagte Susanne. »Und wie geht es dir sonst so?«

»Na ja. Bis auf die Zipperlein, die man so hat, ganz gut.«

»Was für Zipperlein?«

»Na, das Übliche. Bin ziemlich oft krank in letzter Zeit. Da komm ich mal in einen Nieselregen, es wird ein bisschen kälter, und wo andere vielleicht gerade mal einen Schnupfen kriegen, wird's bei mir 'ne fette Grippe mit Fieber und so.«

»Und sonst?«

»Na, ja. Eben die Wehwehchen überall. Hab mir vor ein paar Monaten das Knie aufgeschlagen. Ist immer noch nicht richtig verheilt.«

»Oh, oh!«, sagte Susanne, »Ich mach wohl doch lieber den Test.«

»Mach nur!«, sagte ich.

Und so hatte ich wieder mal einen passiven Telefonstreich gemacht. Aber das hatte sie auch verdient, die doofe Kuh. Immerhin hat sie drei Jahre warten müssen.

Lt Surf empfiehlt zu diesem Text: *Soterios – Bad Breath Police.* Demo-CD, 2004. Ska-Pioniere aus Tallin, Estland

Mein Freund ist Schlüpfer – *Spider*

Aus einem Artikel von »Mobil – das Magazin der Bahn« über Donna Franklin, australische Designerin:

> *»Ihre Vision ist die serielle Produktion von strapazierfähiger Kleidung, die mehr und mehr aus organischen Materialien besteht, die sich im Idealfall selbst generieren«, so die Künstlerin. Dadurch würde man nicht nur umweltschädigende und aufwändige Arbeitsprozesse einsparen, sondern auch die Konsumenten zu einer anderen Haltung provozieren: »Im Gegensatz zur H&M-Generation müssten die Leute plötzlich Verantwortung tragen und ihre Kleidung genauso ernähren wie Hund und Katze.«*

Das ist also die Zukunft: organische Kleidung, die man füttern muss. Mein Business Suit frisst mir die Haare vom Kopf. Mein Schlüpfer frisst mir die Haare vom Sack. Meine Garderobe ist ein einziges Tamagotchi zum Anziehen. Obwohl – falscher Vergleich: Tamagotchis waren ja nur virtuell, diese Bekleidung macht aber reelle Ansprüche an ihre Ernährung geltend.

»Schatz, wenn du zum Supermarkt gehst, bringst du bitte Mantel-Futter mit!«

Und dann muss man auf die besonderen Bedürfnisse der Anziehsachen eingehen. Vitamine, Mineralstoffe und viel frische Luft. Für alle Kleidungsstücke der gesamten Familie.

»Schatz, geh doch mal mit dem Hut runter!«

In der Realität bleibt das ja doch wieder an Mutti hängen. Und was das alles an Zeit verbraucht! Wenn man zum Beispiel auf Reisen ist, dann kann es schon mal zu tragischen Todesfällen in der Garderobe kommen. Das ist im vollbesetzten ICE total peinlich, wenn es auf einmal penetrant riecht, weil die Socken gerade gestorben sind.

Und wehe, zu Hause hat die Nachbarin nicht daran gedacht, wenigstens alle zwei Tage eine Schüssel Trockenfutter in den Kleiderschrank zu stellen. Kein Wunder, dass viele Menschen es da einfacher finden, bei Beginn der Ferien ihre Kleidung auf Autobahnraststätten auszusetzen.

Andererseits haben gefühlsduselige Mädchen das ganze Zimmer voller Kleider aus dem Heim, weil die so traurig ausgesehen haben. Überhaupt, gebrauchte Bekleidung, immer ein Problem. Entweder kann sie sich nicht an den neuen Besitzer gewöhnen oder sie hat Parasiten. Die Wendung »Sachen vom Flohmarkt« kriegt so eine völlig neue Bedeutung.

Und wie ist das: Halten Kleidchen, Shorts und Flipflops eigentlich Winterschlaf? Na, ich will mich nicht über die Zukunft lustig machen. Organische Kleidung ist sicher eine tolle Sache. Aber ich gebe offen zu, ich würde mich behaglicher darin fühlen, wenn ich wüsste, dass sie sich nur vegetarisch ernährt.

Am liebsten wäre mir pflanzliche Kleidung. Regelmäßig gießen, düngen – fertig! Wahrscheinlich könnte ich einfach einpullern und alles wäre gut. Total einfach. Die Sachen brauchen Licht und erzeugen Sauerstoff. Und wenn man mit ihnen spricht, danken sie es einem mit einer Blüte im Knopfloch. Pflanzliche Kleidung, welch paradiesische Vorstellung. So wie Eva und Adam mit ihren Feigenblättern im Garten Eden seinerzeit. Das ist doch eine feine Sache.

Tierische Kleidung dagegen, die muss doch bestimmt ab und zu einen Haufen machen, und diese Haufen liegen dann überall auf dem Bürgersteig. Und dann die Punks, die einen vor dem Supermarkt anschnorren: »Haste mal ein bisschen Kleingeld? Oder kannste mir ein Bier mitbringen für meine Lederjacke?«

Andererseits, was echt prima ist, wirklich gut: Dass Kleidung nicht mehr hergestellt werden muss, sondern wächst. Keine Kinderarbeit mehr in chinesischen Fabriken. Wahrscheinlich kann man sie sogar selbst nachzüchten, die Sachen, die einem besonders gut gefallen. Keine Menschen mehr, die unter flackernden Leuchtstoffröhren an Nähmaschinen sitzen. Arbeit, die uns abgenommen wird, nicht durch Roboter, sondern durch die Produkte selber. Dafür bin ich bereit, so einiges in Kauf zu nehmen. Anziehsachen zum Beispiel, die schmatzen, rülpsen und schnarchen.

Mein Freund ist Schlüpfer!

Lt Surf empfiehlt zu diesem Text: *Ensemble Sincron – Morarul (Der Müller).* Mit Cornel Fugaru, dem »rumänischen Frank Schöbel«. Album »Chitare Românesti (Rumänische Gitarren)«, Amiga, 1971

Zwiegespräche mit Gott heute: Wellen – *Ahne*

A: Na Gott.
G: Na.
A: Sag ma, bei euch jegenüba, da baun se so 'ne Türme, uff die Dächa ruff.
G: Türme?
A: Na, für die Handys.
G: Türme für die Handys?
A: Na, für die Wellen, für die Handys, ditte Empfang hast, denn.
G: Kiek an.
A: Habta schon 'ne Bürgainitjative jegründet, Gott?
G: Nich, dissick wüsste.
A: Müssta ma machen.
G: Dafür oda dajegen?
A: Dajegen natürlich! Ej, haste jewusst Gott, dit die Strahlen von so 'ne Türme, dit die impotent machen?
G: Nee.
A: Musste ma so 'ne Broschüre lesen.
G: Jib her.
A: Habick nich mit, jetz. Musste ma zun Bezürksamt jehn, Gott, da jibs die. Die is von so'n Doktor, so 'ne Kapazität uff den Jebiet. Der, dit is eena, der sich damit auskennt. Der hat ooch hier, mit die Wassaadan, die kann der ooch uffspürn, zun Beispiel.
G: Ach. Ein Arzt der Flüsse sucht, schönet Hobby.
A: Sind aba keene so 'ne Flüsse, wie Spree oda Oda oda Mississippi, Gott.
G: Oda, oda, oda, fängste wieda zu stottan an, ja?
A: Dit …
G: Ick hab da ja vastanden, Oda wie Neiße, macht zusammen Friedensgrenze, schon kla.

A: Aba so 'ne Flüsse sind dit ebend nich. Sondan dit sind Wassaadan, die unta die Erde drunta, die fließen da manchma hundat Meta tief unta uns.

G: Hundat Meta?!

A: Oda soja tausend.

G: Tausend Meta?!

A: Ja, und da kannste denn natürlich nich schlafen.

G: ... weil?

A: Weil, wenn zun Beispiel dein Koppkissen, wenn dit direkt, in eina Linje üba so 'ne Wassaada liecht, denn is ja kla, denn kannste natürlich nich schlafen. Wegen die Wellen.

G: Also, dit is jetz aba kompletta Blödsinn. Also, wat meinste, wozu ick Wellen übahaupt jemacht hab. Die sind nämich total jut zun Einschlafen. Dit Plätschan, dit beruhicht unjemein. Dit jibt ville Menschen, die fahn extra ans Meer, weil se da, wegen die Wellen, sojut schlafen können.

A: Die Wellen meinick nich, Gott. Dit sind andre Wellen, die ick meine.

G: Höhere, oda wat?

A: Andere. Kiek ma, dit jibt doch ooch Schallwellen.

G: Dit jibt ooch Schallplatten.

A: Jenau. Und Plattenbauten jibs ooch noch.

G: Und Bautenuffzüje.

A: Eben. Wir leben im Übafluss und dit bringt ma ooch wieda uff's Thema zurück, weil nämich Wassa, Wassa jibt wohl noch andre Wellen ab, als die, die wa hören.

G: Bevor wa weitareden, willste, dittick'n Räuchastäbchen anzünde?

A: Nee.

G: Wir könn uns ooch ausziehn und zu den Schwingungen des Mondlichtes tanzen.

A: Du ziehst dit grade voll ins Lächaliche, Gott.

G: Seit wann stehst du denn uff Esoterik?

A: Dit is keene Esoterik, Gott, dit is wissenschaftlich awiesen. Kiek ma, so 'ne radjoaktive Strahlung, die würste ja wohl kaum leugnen, oda?

G: Na, jedenfalls is mir seit Tschernobyl noch niemand uff de Straße begegnet, der drei Köppe hatte und Fedan an'n Ahsch.

A: Denn warste aba nich bein Karneval der Kulturen, Gott. In'n Ernst, dit würd ja ooch weita aforscht, doch eens is schon ma kla, so 'ne Wellenvastärka für Handys, uff Dächan, die machen impotent.

G: Haste alle andan Möglichkeiten ausjeschlossen? Haste zun Beispiel Stress grade?

A: Icke?!

G: Manchma muss man ooch bloß seine Anährung umstelln, denn stehta wieda, wie 'ne Eins, 'ne joldene.

A: Wie bist du denn druff, Gott?

G: Oda sie zieht sich ma wat Vaführerischet an, oda ihr probiert ma wat janz anderet aus, da jibs ja Möglichkeiten, hör mir uff. Die Atmung, die is ooch wichtich. Die darf man nich vanachlässijen.

A: Ick gloob Gott, wir reden grade komplett an'n'nanda vorbei. Also bei mir is jedenfalls allet in Ordnung.

G: Sicha, sicha.

A: Dit jeht mir bloß ..., weil, dit betrifft ja die janze Jesellschaft. Ick vasuch hier lediglich mein Potentjal an pasönlichen Angajmang auszuschöpfen. Man muss ja ooch ma an späta denken, an die zukünftigen Generatjonen.

G: Uj, jetz fährta aba schwere Jeschütze uff.

A: Na, hast du etwa nie Koppschmerzen, Gott?!

G: Du meinst obick imma kann?

A: Nach Koppschmerzen habick jefragt.

G: Ick kann imma.

A: Anjebagott!

G: Tschüss du.

A: Tschüss Anjebagott, ach Anjebagott?
G: Ja?
A: Mit der Atmung, du meintest doch vorhin wat mit der Atmung. Wie meintest'n dit einklich?
G: Mit der Atmung? Na, einatmen und ausatmen, atmen ebend. Tschuljung, aba ick gloob meen Handy klingelt, könnte sein dittet wat Wichtijet is.
A: Ja. Wahscheinlich.

Lt Surf empfiehlt zu diesem Text: *Bob Dylan – Subterranean Homesick Blues. Album »Bringing It All Back Home«*, Columbia Records, New York, 1965

Zehn gute Gründe, sich vorzeitig zu verabschieden: 2. Freunde – *Robert Weber*

Freunde zum Beispiel, die man sich ja leisten können muss, weil ohne man ja gleich als Soziopath, als asoziales Element, als egozentrischer Eigenbrötler und nonkonformistische Wundergurke verschrien ist, Freunde also, diese unverfrorenen Nutznießer des menschlichen Hordentriebes, diese erstarrten Partizipien der Blutsverwandschaft mit ihren sippenhäftlerischen Kumpaneien, diese als gemeinnützig daherkommenden Zumutbarkeiten, diese sich anbiedernden Bringschulden, zu deren Begleichung man zu jeder Tages- und Nachtzeit herbeigezwungen wird, diese mimosenhaften Pimperlinge, deren Zuneigung einer bei Ebbe errichteten Sandburg gleicht, die sich gleichwohl als Fels in der Brandung ausgeben, wobei wohl die Ostsee an einem milden Frühlingstag gemeint sein soll, diese schlammig-schlüpfrigen Schlepptaue der Jugend, diese vermoderte Fahrgemeinschaft des Alterns, dieses In-einem-Boot-sitzen-müssen mit Menschen, die einem bei passender oder nächstbester Gelegenheit den Rücken zudrehen, nicht ohne dir vorher einen Dolch in den deinigen zu rammen, dass man sich damit auch noch anfreunden soll, all das (ist ein Grund, um vorzeitig abzutreten).

Lt Surf empfiehlt zu diesem Text: *The Beach Boys – Misirlou.*
Das Lied ist in Griechenland schon bald hundert Jahre populär.
Misirlou ist griechisch und heißt »Ägyptisches Mädchen«. Die
Beach Boys nahmen ihre Version 1963 auf, Dick Dale legte 1962
vor. Misirlou Music, Inc./BMI

Heute aber nicht – *Tube*

Ich hatte mit meiner Freundin gewettet, ob es ein Computerteil oder ein Buch wird. Die Chancen waren beinahe gleich groß und lagen vielleicht einen Deut besser zugunsten des Computerteils. Das Computerteil hatte ich ein paar Tage zuvor bei einer Computerfirma bestellt und das Buch nur einen Tag später, bei einer Firma, die Bücher verschickt.

Nun war Post gekommen, und es versteht sich wohl von selbst, dass der moderne Postbote keine fünf Etagen heraufsteigt, um ein Paket mit einem Buch oder einem Computerteil abzugeben, sondern eine Karte in den Briefkasten wirft, auf der steht, dass er mich nicht angetroffen habe und ich die Lieferung beim Postamt in den Schönhauser Allee Arcaden abholen könne, heute aber nicht! Aber das war gestern gewesen, heute war nicht mehr der Tag, für den »heute aber nicht« galt. Heute war der Tag, da ich die Sendung abholen konnte, nur welche, das wusste ich noch nicht.

Über Nacht war die Spannung stark gestiegen: Morgen kann ich ein Paket abholen. Aber welches? Das mit dem Computerteil oder das mit dem Buch? Wie langweilig wäre es dagegen, würde mich der Postbote vor der Tür überraschen. Oh, ein Paket für mich? Ach, ich seh's jetzt schon, ein Computerteil. Danke. Muss ich irgendwo unterschreiben? Nein? Gut. Wiedersehen.

Aber durch eine Karte werden alle Pakete gleich. Die Karte vermittelt nur, dass es ein Paket gibt, das auf dem Postamt liegt, sie gibt keine weiteren Hinweise. Auch der Postbote schreibt nicht etwa dazu: Das Paket hat die Form eines Buches; wenn ich es schüttele, klappert es, ich tippe auf Computerteil; ich hab es mal ein bisschen ins Licht gehalten, viel war nicht zu erkennen, wahrscheinlich eine Strumpfhose; wenn ich mein Ohr ranhalte, höre ich es ticken. Nichts dergleichen schreibt er auf die Karte! Der moderne Postbote beschnüffelt kein Paket, er wahrt das Postgeheimnis, so wie er das Geheimnis wahrt, dass er niemals fünf Etagen heraufsteigen würde, um ein Paket abzugeben.

Ich hatte auf das Computerteil gewettet und meine Freundin ebenfalls. Nur hatte ich, damit eine richtige Wette zustande kam, meinen ersten Tipp zurückgezogen und mit dem zweiten auf das Buch gesetzt, obwohl die Chancen für das Buch etwas schlechter lagen.

Gemeinsam begaben wir uns zum großen Showdown in die Schönhauser Allee Arcaden. Wetteinsatz: eine Büchse Ravioli. Wir schwangen uns durch die Drehtür in die Arcaden, erst ich, dann sie, dann noch mal ich aus Spaß, sie nicht noch mal, dann waren wir drin, und bald darauf, nachdem wir zehn Minuten angestanden und die auf den Boden gemalten Fußtapsen anprobiert hatten, tauschte ich am Schalter die orange Karte gegen ein Paket, das ein Buch enthielt.

Die Wette hatte ich schon mal gewonnen, und ich sagte: »Zwei Büchsen Ravioli, wenn die Frau am Schalter jetzt so tut, als wisse sie von nichts.«

»Hä?«, sagte die Frau am Schalter, denn sie wusste tatsächlich von nichts.

»Ich möchte mich beschweren«, sagte ich. »Gestern war ich den ganzen Tag zu Hause, aber der Postbote hat das Paket nicht bei mir abgegeben.«

»Nein, wirklich? Das kann doch aber gar nicht sein.«

»So war es aber, so wahr ich hier stehe. Sehen Sie mich?«

»Moment mal«, sagte die Frau am Schalter, »Was hat er denn noch auf die Karte geschrieben?« Sie nahm die Karte, und siehe da, dort war sogar noch ein Vermerk, der den Grund angab, weshalb die Sendung nicht zustellbar gewesen sei.

»TV, Tür verschlossen«, sagte die Frau am Schalter. »Bei Ihnen war die Tür verschlossen.«

»Natürlich war die Tür verschlossen. Er hätte ja klingeln können.«

»Stimmt eigentlich. Da haben Sie recht. Ich werde Ihre Beschwerde weiterleiten«, sagte die Frau am Schalter und begann ein Formular auszufüllen. Es war das 100. Mal, dass ich eine Beamtin solch ein Formular ausfüllen sah, und für jedes ausgefüllte Formular hatte ich einen Brief bekommen, in dem stand, dass man den Fehler zutiefst bedauere und sich bemühe, solche Fehler künftig zu vermeiden. 99 dieser Briefe lagen bei mir zu Hause, bald würden es 100 sein.

»Wird denn der Postbote wegen meiner Beschwerde jetzt gefeuert und durch einen anderen ersetzt?«, fragte ich.

»Nein, wo denken Sie hin«, sagte die Frau hinterm Schalter und blickte von dem Formular auf. »Es wird eine Aussprache mit ihm geben, und dann werden wir sehen, ob er sich bessert.«

»Aber er müsste schon mindestens 99 Aussprachen gehabt haben.«

»Tja, dann bessert er sich wohl nicht«, sagte die Frau am Schalter und wandte sich wieder ihrem Formular zu.

»Ich finde, wer nicht arbeiten will, sollte auch nicht arbeiten. Soll er's doch bleiben lassen. Feuern Sie ihn! Man sollte ihm ein Paket senden, das sämtliche Beschwerdeformulare über ihn enthält und seinen Kündigungsbrief dazu. Er sollte sich das Paket selbst zustellen müssen und wie ein Kreuz in seine Wohnung tragen.«

»Ja, ja, ist ja gut. Ihre Beschwerde ist aufgenommen«, sagte die Frau am Schalter und bat den nächsten Kunden heran.

Ich ärgerte mich. »TV. Tür verschlossen, hat er einfach draufgeschrieben und nicht mal geklingelt. TV. Ich hab Fernsehen geguckt, heißt das wahrscheinlich. TV. Wenn die Tür verschlossen war, wie hat er dann eigentlich die Karte in den Briefkasten stecken können? Der Briefkasten ist hinter der Tür, die verschlossen gewesen sein soll.«

Ich schwang mich durch die Drehtür aus den Arcaden ins Freie und drückte die rote Stopptaste neben der Drehtür. Das ist eine verschlossene Tür, so muss eine verschlossene Tür aussehen, dachte ich und beobachtete meine Freundin, wie sie gegen die Scheibe der plötzlich gestoppten Drehtür knallte.

Als ich zu Hause ankam, fand ich im Briefkasten eine Karte vor, auf der stand, dass man mir ein Paket zustellen wollte, der Postbote mich aber nicht angetroffen habe und ich die Lieferung beim Postamt in den Schönhauser Allee Arcaden abholen könne, heute aber nicht!

»Drei Büchsen Ravioli, dass das ein Computerteil ist«, sagte meine Freundin.

Ich hielt nicht dagegen.

Lt Surf empfiehlt zu diesem Text: *Orchester Walter Kubiczeck – Fahndung* (1971)

Der Lebensinhalt ist flüssig – *Ahne*

Den Zug nach München, den hatte ich, verdammt noch mal, verpasst. War nich aus der Matratzenmuchte rausgekommen. Gestern noch mit Dosi und Lulle ordentlich einen gehoben. Lulle, der ums Verrecken noch'n Streit vom Zaun brechen musste. Mit Frau Aktasch, aus'm Dritten. Dabei wollte die uns lediglich freundlich darauf hinweisen, dass sie Kinder hätte, die schlafen wollten und dass dis drei Uhr in der Nacht sei und wann wir denn gedenken würden den infernalischen Lärm einzustellen. Lulle hat sie daraufhin kurzerhand zu einem Stützpfeiler des faschistischen Systems erklärt und ihr unterstellt, dass sie doch nur Polen zurückerobern wolle. Und dann hat er ihr seine vergilbte Faust unter die Nase gerieben, woraufhin sie wiederum nach der Polizei schrie. Ich hab schließlich die Sicherungen rausgedreht und Dosi gebeten lautstark auszurufen, ob noch jemand'n Bier will, weil dis hier nämlich dis letzte sei.

Scheiße! Die Fahrkarte galt nur für diesen Zug. Die war jetzt keinen hohlen Pfifferling mehr wert. Vielleicht könnte ich mich ja herausreden, in dem ich behauptete, mein Anschlusszug hätte Verspätung gehabt, wegen: »Hamse nich gehört, mit dem Bussard? Der sich auf die Oberleitung gesetzt hat?«

Aber besitzen S-Bahnen überhaupt Oberleitungen? Ham die nich bloß so 'ne Stromschienen?

»Ich mein' natürlich mit dem Fuchs. Hamse dis nich gehört, mit dem Fuchs, wo sich so'n Fuchs auf die Stromschiene gesetzt hat. So'n Selbstmordfuchs.«

Eine ganz wichtige Konferenz sollte dis angeblich sein, heute. Die oberwichtige Konferenz. Ich brauchte dringend'n Bier. Verfluchte Hirnwichse, in meinem Kopf nagten scheinbar tausende Schaben an meinen Nervensträngen herum. Drecksviecher! Ich ging hurtig zum Bahnhofskiosk hinüber und orderte mir dort einen Sechserträger sowie 'ne Öke Korn. Würde ich dem Mistpockenverein auf die

Spesenrechnung setzen, selbstverständlich. ›Ästhetische Prinzipien in der Literatur und die Darstellung der Unterschicht‹. Was für eine gottverdammte, gequirlte Scheiße! Ich köpfte eine erste Flasche und rülpste einem zufällig vorbeitrottendem Bullenschwein freundlich zu. »Ja, du mich auch.« Wo war denn hier diese verfickte Information?! Wenn man sie schon mal brauchte! Aber stattdessen stellten sie überall Atomraketen hin – und das von unseren Steuergeldern. Stasi-Schweine!

»Genau. Sie sind doch von der Bahn oder? Wo is hier eigentlich der nächste Puff und wann hatter uff? Wie, dafür sind Sie nich zuständig, könnse mir denn wenigstens sagen, wann der Zug nach München fährt? Ja, der is grad weg, dis weiß ich selber Mister Oberschlau, aber da wird ja wohl noch mal'n Zug hinfahr'n heute, oder?! Ich bin nich frech, ich bin bloß deutlich!«

Anzeigetafel gucken, als ob wa noch den Kaiser hätten. Scheiß Osten!

Kerstin war ein tolles Mädchen. Sie war mir erst gar nicht aufgefallen. Stand so schüchtern an der Seite herum. Sah so gar nich so aus, als wenn sie auf diese Sorte Musik stehen würde. Man, hätte ich bloß nich so viel getrunken an diesem Abend. Wer weiß, was sie jetzt von mir dachte. Wie sollte man das denn aber auch überhaupt anstellen?! Ins Kino einladen vielleicht, schön essen gehen oder wie oder was?! Dis war doch alles ein Riesenhaufen verschimmelter Bullenscheiße!

14.36 Uhr fährt der nächste, na prima. Dann würde ich ja gerade noch rechtzeitig erscheinen, um der versammelten Literaturmischpoke einen saftigen Arschtritt in Richtung Heimweg verpassen zu können. Na, Hauptsache man is nich arbeitslos. So wie Dosi oder Lulle. Die trinken doch nur noch ohne Sinn und Verstand.

Nordhäuser Doppelkorn. Ob der auch schon geschluckt wurde von so 'nem Westmulti? Von Asbach Uralt, Racke Rauchzart oder gar von Chantré? Na, letzten Endes gehört wahrscheinlich sowieso alles Nestlé. Schmecken tuta jedenfalls wie eh und je. Ekelhaft. Aber darauf kommt's ja bei Schnaps nich an.

Kerstin, ob sie sich mit so jemandem wie mir überhaupt abgeben würde? Die war schon eine ziemliche Granate. Ich hätte ihr ja schlecht sagen können, dass ich Schriftsteller sei. Ingenieur für Plastverarbeitung. Na ja, ob das jetzt ein soviel besserer Einfall war? Dosi, der hatte es gut. Der war schwul, oder asexuell oder irgend so was. Den interessierte eine Frau lediglich, wenn sie was zu trinken im Beutel hatte.

»Nee, ich kann nich aus'n Weg gehen. Warum nich? Weil ich nachdenke. Nee, ich kann nich woanders nachdenken, aber Sie könn' woanders langgehn, zum Beispiel. Aua! Faschist!«

Die spinnen doch, die Leute. Anstatt ihre aufgestaute Wut mal durch eine zünftige Revolution zur Entladung zu bringen, schubsen sie arme Zuspätgekommene wie mich von ihrer auserwählten Nachdenkstelle weg. Haben die ein Glück, dass ich meinen schwarzen Gürtel zuhause in der Hose vergessen habe, sonst würde ich denen nämlich zeigen, was ein anständiger Judo-Riemen so alles drauf hat. Mist! Jetzt hat sich der Schlüssel verbogen. Hättich mir mal lieber'n Feuerzeug mitgenommen. Hoffentlich komm' ich jetzt noch rein, zuhause. Mal lieber dreimal auf Glas klopfen.

»Was ich hier mache? Dis sehn Sie doch. Ich wart' auf meinen Zug. Nein, leider kann ich Ihnen nicht meine Fahrkarte zeigen. Warum? Weil ich Sie nicht für würdig erachte, einen Blick auf sie werfen zu dürfen, darum. Nein, draußen kann ich eben nicht warten. Ja, ich weiß, dass es nicht regnet, aber es könnte durchaus beginnen zu regnen, außerdem möchte ich, dass Sie mich zukünftig mit Herr Doktor anreden.«

Als ob es verboten wäre, im Bahnhof was zu trinken. Wenn die mich wirklich abführen, dann werde ich so laut ich kann »Es lebe die Freiheit!« schreien.

Ob Kerstin so was imponieren würde? Vielleicht steht sie ja eher auf so ruhige Typen, die so einen auf introvertiert machten. ›Fucking hell!‹, da hätte sie bei mir ganz schön in die Scheiße gegriffen.

Literarisches Seminar, heiliges Kloschüsselchen! Wenn ich's mir recht überlegte, so könnte ich auf die ausgelobten 500 Euro auch getrost verzichten. Das war doch sowieso bloß schmutziges Geld. An dem klebte doch unter Garantie das Blut der ausgebeuteten Massen des Volkes. Unterschichtsästhetik. Absolut jämmerliches Gelaber war dis.

Viel besser wäre es doch, wenn ich gleich ma bei Lulle die Tür eintrete und ihn herausfordere, zum Wettsaufen. Der Gewinner von uns bekäme das alleinige Recht, Kerstin anzubaggern. So wie Lulle im Training stand, besaß ich da nicht die Spur einer Chance, aber das ersparte mir wenigstens stundenlanges Kopfzerbrechen darüber, wie ich es überhaupt anstellen sollte. Lulle, der würde abblitzen, so wahr der Himmel voller Arschgeigen hängt, und ich als sein Freund würde ihn trösten müssen, was sicherlich wieder einen feuchtfröhlichen Abend und genauso sicher ein Bataillon nervenanknabbernder Schaben am nächsten Morgen zur Folge hätte, doch so war nun mal das Leben.

Das Leben, das war nämlich kein Seminar, das Leben, das war ein riesiges Schnapsbassin, was unbedingt leergetrunken werden musste. So sieht's aus, meine Damen und Herren. Vielleicht ja bis nächstes Jahr, oder bis übernächstes und darauf denn doch noch einen Dujardin. Oder zwei.

Lt Surf empfiehlt zu diesem Text: *Satan's Pilgrims – Satan's Theme. Album »At Home With Satan's Pilgrims«*, eMpTy records

Schwanger – *Spider*

Wenn die Frau zickig ist, deutet dies auf eine Schwangerschaft hin. Gut, manch einer mag einwenden, dass ich mit dem Symptom Zickigkeit den Umstand Frau diagnostiziert habe, und nicht die Schwangerschaft. Aber es gibt noch mehr Anzeichen.

»Meine Brüste sind größer geworden«, sagt sie, auf der Personenwaage stehend. Was steht die da auf der Waage, das ist meine Waage, die hat sie mir zum Geburtstag geschenkt, die Waage. Das ist wieder mal typisch, sie schenkt mir Sachen, die sie dann selber benutzt. Aber die Schlagbohrmaschine, die meine Eltern ihr auf mein Anraten hin zu ihrem Geburtstag geschenkt haben, die liegt immer noch unausgepackt im Flur.

»Meine Brüste sind größer geworden.«

»Bist du sicher?«

»Ja, laut der Waage anderthalb Kilo.«

»Aber das müsste man doch sehen, drei Pfund mehr Brust.«

»Und wie erklärst du dir das sonst?«

Jetzt bloß nichts Falsches sagen: »Gehirnmasse, ich bin mir sicher, du hast an Gehirnmasse zugelegt. Das ist ganz normal, hab ich mal gelesen. Das passiert häufig, kurz bevor man eine Magisterarbeit schreibt.«

»Verarschen kann ich mich alleine!«

Wenn die Frau zickig ist, deutet dies auf eine Schwangerschaft hin. Und wenn sie Geld ausgibt auch. Der Nestbautrieb. Ich weiß noch, wie das damals war, bei unserem ersten Kind. Plötzlich mussten Garderobenhaken her. Und Lampenschirme. Topfpflanzen. Edelstahlkochtöpfe, die dann kein Vierteljahr hielten. Ich war zum ersten und letzten Mal in meinem Leben bei IKEA.

Sie war schwanger und durfte nicht heben. Der Kumpel mit dem Auto hatte ein kaputtes Knie. Ich bekomme in Kaufhäusern immer Panikzustände. Wir waren ein perfektes Team. Ich fühlte mich wie ein GI im Dschungel, der Moskitos, Giftschlangen und dem Vietcong getrotzt hat, und der im nächsten Moment ein Dorf voller Zivilisten ausradieren wird, weil seine Nerven nicht mehr klarkommen, seit das Crack alle ist. Ein Kaufhaus für sinnlose Produkte, ich mittendrin, um mich herum der Bodensatz der Gesellschaft, also alle, und mit mir zwei Greenhorns, mit denen ich nie lebend den Durchbruch durch die Frontlinien ins Hinterland schaffen würde. Ich habe noch vier Tage später am ganzen Leib gezittert.

Ich musste nie wieder mit zu IKEA. Ich wurde trotzdem nie wieder der alte. Fuhr sie eben mit ihrer Freundin Peggy. Sie wollte es eben schön haben. Ich sollte es auch schön haben. Unser Kind sollte es schön haben. Es war noch nicht geboren, da hatte es schon Tisch und Stühlchen, weil die so niedlich waren. Ich bekam eine Personenwaage. Keine Ahnung warum.

Jetzt steht sie auf der Waage und denkt nach: »Vielleicht bin ich schwanger.«

»Kann sein«, sage ich.

»Sag mal, hast du noch Geld?«

Eindeutig schwanger. Also bin ich besser mal pleite. Ich sage: »Ich bin pleite.« Ich mache denselben Fehler nicht zweimal. Auch nicht den mit der Tiefkühlpizza.

Im Kreißsaal damals, das war die Hölle. Ich musste die ganze Zeit nach dieser Tiefkühlpizza aufstoßen, die ich zuvor gegessen hatte. Schrecklich! Und sie kümmerte sich natürlich nur um ihre eigenen Probleme. Was machte ich da eigentlich? Scheiß Kreißsaal. Das nächste Mal leihe ich mir vorher einen Gameboy aus. Das nächste Mal.

»Nachher gibt es übrigens Eierkuchen«, sagt sie, »ich dachte, ich mach mal wieder Eierkuchen – mit Muscheln.«

Schwanger, eindeutig. Ich glaube, ich mache den Fehler doch wieder, eine Tiefkühlpizza zu essen, und zwar jetzt sofort. Und den anderen auch, den anderen Fehler.

»Hier«, sage ich, und gebe ihr einen Fünfziger, »aber nicht wieder alles für Schwangerschaftstests ausgeben.«

Alte Fehler sind wie alte Weine: in erster Linie teuer. Aber man fährt schon aus Prestigegründen drauf ab. Immer wieder das Gleiche. Bloß zu IKEA, zu IKEA nehme ich dieses Mal genügend Munition mit.

Lt Surf empfiehlt zu diesem Text: *Celia Cruz – Mambo Del Amor* (Cuba)

Zehn gute Gründe, sich vorzeitig zu verabschieden: 3. Alter – *Robert Weber*

Das Alter zum Beispiel, das einem mit der Zeit aus dem Arsch herauswächst, dieses sich Anhäufen von undefinierbaren Gewebswucherungen, dieses Warzen, Melanom und Metastasen gebärende, sich hinterrücks anschleichende Methusalemkomplott, welches einem ganze Gebirgslandschaften ins Gesicht meißelt und einem Gerüche auf die Haut treibt, dass man glauben möchte, in den verkalkten Arterien flösse die Kloake einer choleraverseuchten Kosakenkolonie, diese Knochen krümmende, in ihrem Fortschreiten unerbittliche Zersetzungsmaschinerie, dieser im Inzest erzeugte Halbbruder des Todes, dieser kachektisch, krachelig, klappernde Gruftenspion, dieser zahnlos sabbernde Tragödienträger, dieser niederträchtige Weihwasserwedel mit seinem gauklerischen Weisheitsgebrabbel, dieses unerträgliche Verstandesersäufnis, dieses lustmörderische Alles-geht-seinen-Gang-gehen, dass man sich damit auch noch abfinden soll, all das (ist ein Grund, um vorzeitig abzutreten).

Lt Surf empfiehlt zu diesem Text: *Jo Alan – Les Bons Conseils* (BMG Ariola, 1966)

Mein Leben-Lauf – *Tube*

Kurzfassung eines noch nicht geschriebenen Romans

Das mit dem Leben funktioniert so: Man wird geboren, man lebt, und dann stirbt man. Eigentlich ganz einfach! Aber viele fragen sich: Was kommt nach dem Leben, nach dem Tode? Ich weiß es! Es ist auch ganz einfach: Man wir wiedergeboren, lebt wieder, und dann stirbt man wieder. Mir ist das jedenfalls schon etliche Male passiert. Das ist was ganz Normales. Das machen ja alle so. Wiedergeburt, Wiederleben, Wiedertod. (Alles mit »ie« geschrieben!)

Nur bei *mir* ist da noch was Besonderes. Im Gegensatz zu vielen anderen kann ich mich an meine vergangenen Leben sehr wohl noch erinnern. Obwohl ich es dabei nie zu etwas Großem gebracht habe, möchte ich davon berichten.

Das erste Mal war's am schönsten. Ja, ja, beim ersten Mal ist es immer am schönsten. Da bin ich Urmensch gewesen. Als solcher hüpfte ich nackt über die blühenden Felder und Wiesen, pflückte gelegentlich einen Apfel oder fing mal ein Wildschwein. Irgendwo hatte ich eine Höhle aus ein paar Büschen zusammengebastelt, worin ich wohnte. Aber die meiste Zeit konnte ich machen, wozu ich Lust hatte. Zum Beispiel in der Sonne sitzen. Damals ging das noch ohne Sonnencreme, weil ja auch noch kein Ozonloch im Himmel war. Außerdem hatte ich ein Fell, aber nicht so eins, wie es die Urmenschen in den Geschichtsbüchern immer tragen. Nein! Ich war blond am ganzen Körper. Das sah richtig cool aus.

Im zweiten Leben war ich wieder Urmensch und lebte in meiner Höhle aus Sträuchern, pflückte wieder Äpfel und jagte Wildschweine. Im dritten, vierten und fünften bis zum 149. Leben war ich auch Urmensch. Es war immer angenehm gleich. Wenig Arbeit, ein paar Äpfel und meine Hütte aus Sträuchern.

Das einzig Erwähnenswerte wäre vielleicht das 37., worin ich als Achtjähriger von einem Mammut zertrampelt wurde. Seitdem besuchte ich in jedem folgenden Leben die Unglücksstelle und steckte dort ein hölzernes Kreuz in den Sand.

Mit der Zeit wurde die Technik besser, und ich konnte immer größere und schönere Denkmäler an diesem Platz errichten. Das Mammut hat mich übrigens da zerlatscht, wo heute der Fernsehturm steht.

Das fröhliche Urmenschendasein hörte zu der Zeit auf, wo sich die Körperbehaarung der Menschen aus irgendeinem unerfindlichen Grund auf Kopf-, Achsel- und Schamschopf reduzierte.

Seitdem musste ich ständig Kleidung tragen, was bedeutete, dass ich pro Jahr zwei Wildschweine mehr fangen musste. Auch die Höhlen aus Sträuchern waren nicht mehr warm genug, und es mussten Hütten aus Lehm und später aus Stein gebaut werden. Das war im 151. Leben, wo ich wie ein Bekloppter Steine geschleppt habe. Da war nichts mehr mit in der Sonne liegen. Doch irgendwann war mein Häuschen fertig, und so lebte ich dann doch einigermaßen glücklich darin bis ans Ende.

Als ich das 152. Mal geboren wurde, hatten die anderen während meiner Abwesenheit das Geld erfunden. Und das Häuschen, dass ich einst im Schweiße meines Angesichts gebaut hatte, konnte ich nun mieten. Das Eigenartige war nur, dass ich, um die Miete zu bezahlen, noch mehr arbeiten musste, als ich damals gearbeitet hatte, um dieses Häuschen zu bauen. Das Ding war doch schon fertig! Wofür war denn nun das ganze Geld?

Ich beschloss, es zu kaufen, indem ich noch viel mehr arbeitete. Am Ende meines Lebens hatte ich dann alles abbezahlt und starb.

Im 153. Leben kaufte ich das Haus abermals. Ich arbeitete dafür wie verrückt. Damit ich nicht so einen Reinfall wie beim letzten Mal erlebte, verkaufte ich das Haus kurz vor meinem Tode und verbuddelte den Erlös im Wald. Ich hielt das für eine ziemlich kluge Idee.

Bei meiner Wiedergeburt erinnerte ich mich an die Stelle, wo das Geld lag, grub es aus und wollte mein Haus kaufen. Doch es war jetzt zehnmal teurer, und das Geld zehnmal weniger wert.

Ich ärgerte mich so sehr, dass ich spontan einen Polizisten erschlug. Zur Strafe kam ich im folgenden Leben als Frau zur Welt. Uhh. Das muss ein Mann auch mal erlebt haben.

Immerhin gebar ich einen Sohn, der, wie ich später feststellen konnte, mein Ur-Ur-Ur-Ur-Ur-Ur-Ur-Ur- … Großvater wurde.

Die nächsten paar Leben sind nicht weiter erwähnenswert. Ich arbeitete in jedem etwas mehr und kaufte gelegentlich ein Haus, was ich später nie wiederbekam.

Beim 163. Mal kam ich zu meiner Überraschung als Mücke zur Welt. Ich war gerade mal drei Tage alt, flog durch den Wald und wurde durstig davon. Bei einer Lichtung saß eine Frau. Ich setzte mich auf ihren Unterarm, stach hinein und trank ihr Blut. Danach wurde ich erschlagen.

Bald kam ich wieder zur Welt und erkannte in meiner Mutter die Frau, die mich im letzten Leben so brutal ermordet hatte. Da ich dem Opfer des Mammuts ja immer so treu ein Kreuz hinstellte, wollte ich es für die Mücke ebenfalls tun.

Eines Nachts, sie schlief, da stempelte ich ihr mit einem glühenden Eisen ein Kreuz in den Unterarm und wurde dafür abermals erschlagen.

Es folgten noch einige Leben mit Arbeit und Arbeit und noch mehr Arbeit. Und nun bin ich hier und arbeite noch mehr.

Schade, dass sich so viele Menschen nicht an ihre vergangenen Leben erinnern können. Die Welt wäre sicherlich viel schöner.

Lt Surf empfiehlt zu diesem Text: *Der Botho Lucas-Chor – Danke* (Schneider/Arr.: Werner Last, 1962)

Unvollständige Liste der schönen Dinge im Leben eines richtigen Mannes – *Spider*

Es gibt wohl wenige Dinge, die das Leben eines richtigen Mannes so gründlich zerstören können wie Kinder. Wer selber welche hat, der wird mir gewiss zustimmen. Aber, so werden manche, die eben keine richtigen solchen sind, fragen: Was sind denn die schönen Dinge im Leben eines Mannes? Hier ist eine unvollständige Liste.

1. Literatur. Männer sammeln Bücher. Weil sie sie lieben. Kinder zerstören Bücher. Obwohl sie sie gar nicht lesen können. Trotzdem können sie eine Rarität erkennen. Sie zerpflücken die Originalausgabe von Eberhard Del'Antonios »Titanus« aus den 50er Jahren, die du mal in deiner Stammkneipe von einem bibliophilen Barmann geschenkt bekommen hast. Klar, das wäre nicht passiert, wenn du einen Bücherschrank hättest, aber ein echter Mann gibt für so was kein Geld aus. Schließlich braucht er bloß in sicherer Höhe ein Brett an die Wand zu dübeln. Irgendwann mal, nicht jetzt. Jetzt ist »Titanus« ein Haufen Knüllpapier. Das wolltest du doch noch lesen, wenn du mal Rentner bist. Du versuchst dich am Kind zu rächen. Du suchst sein Buch »Das Abschleppauto« von Ineke Koene, aber du kannst es nicht finden, jedenfalls nicht alle sieben Seiten.

2. Musik. Das Kind kann nicht schlafen, die Mutter sich nicht entspannen, die Milch wird sauer, der Kaffee schwarz und das globale Klima erwärmt sich, wenn du deine alten Platten hörst. Zu deinem 36. Geburtstag bekommst du Funkkopfhörer geschenkt. Deren Reichweite endet kurz vor der Kaufhalle. Na gut, so weit hat man deine Stereoanlage auch nicht gehört, oder nur bei günstigem Wind. Du überlegst, ob du dir einen Walkman kaufen solltest. Aber deine Kassetten sind alle Lametta. Noch mal alles neu überspielen? Aber es gibt nun mal keine Walkmen für Schallplatten. Für CDs

schon, aber deine CDs hat dein Kind ebenfalls umgewidmet, an den unwahrscheinlichsten Orten versteckt und die Hüllen dazu existieren schon lange nicht mehr. Plaste splittert, selbst wenn ein Kleinkind es aus Krabbelhöhe fallen lässt. Und Mp3s hast du nicht. Es ist manchmal deprimierend, ein richtiger Mann zu sein. Du willst dich rächen, bringst es aber nicht fertig, die Spieluhr im Plüschkraken anzurühren, die immer »Guten Abend, Gut' Nacht« spielt. Ein Geschenk von der Oma, und wer weiß, was sie als Ersatz anschleppt.

3. Sex. Sex ist theoretisch möglicher als praktisch. Man tritt ja noch auf, ab und zu steht man ja noch auf der Bühne, oder am Tresen zum Kennenlernen zur Verfügung. Im Wohnzimmer da gibt's die Ausziehcouch, auf dem Küchenschrank steht eine angebrochene Flasche Wein und Kondome von früher sind auch noch übrig. Aber wenn die Frau dabei vielleicht so einen Krach macht, dass deine eigene Freundin nebenan wach wird, ist das auch irgendwie eine blöde Situation. Ganz ähnlich eigentlich wie damals, als du überraschend nach Hause kamst und sie mit diesem bibliophilen Barmann in eurem Doppelbett lag. Aber anderswo übernachten als zu Hause, das geht nicht, du musst ja morgen früh raus und das Kind in den Kindergarten bringen.

4. Schlaf. Der Schlaf nach Mitternacht ist bekanntlich der gesündeste. Ihn kann kein Mittagsschlaf ersetzen. Ständige Müdigkeit ist die Folge. Nichts bekommst du auf die Reihe. Nie wieder wirst du so fit und ausgeruht sein wie damals, als du regelmäßig bis mittags um eins geschlafen hast, und manchmal auch bis drei, weswegen du damals auch nichts auf die Reihe gekriegt hast. Aber du hast abends länger durchgehalten beim bibliophilen Barmann in deiner Stammkneipe. Das schaffst du jetzt nicht mehr. Wozu auch, du bleibst ja zu Hause. Was solltest du zu Hause schon tun bis spät in die Nacht? Die Funkkopfhörer kannst du nicht aufsetzen, denn dann hörst du nicht, wenn das Kind aufwacht. Lesen geht auch

nicht. »Titanus« von Eberhard Del'Antonio ist Knüllpapier. »Das Abschleppauto« kennst du schon auswendig.

5. Geselligkeit. Abends ein Bierchen und ein Schnäppakin am Tresen in deiner Stammkneipe. Gespräche über Gott und die Welt, Bücher und Musik. Das ist jetzt eher selten. Und wenn doch, hast du sowieso den Kopf nicht frei. Du musst morgen wieder früh raus. Du willst nicht stinken wie ein Trinker, wenn du früh im Kindergarten den anderen Eltern, alles Akademiker mit abgeschlossenem Studium, einen guten Morgen wünschst. Du denkst an die Pflichten, an den Elternabend nächste Woche, und versuchst, die Impftermine nicht zu vergessen. Man könnte sagen, dein Kind spukt dir ständig im Kopf rum. Ständig glaubst du, es quäken zu hören. Du siehst es überall und in jedem. Sieht nicht sogar der bibliophile Barmann ihm ein bisschen ähnlich?

Wird fortgesetzt.

Lt Surf empfiehlt zu diesem Text: *The Sentinels – Big Surf. Album »Big Surf«*, Del-Fi Records, 1996.
Die Sentinels waren dreimalige Gewinner des West Coast Championship »Battle Of The Bands«.

Wenn ich groß bin – *Ahne*

Ein Stapel Ansichtskarten türmt sich auf meinem Nachttisch. Fünf Länder sind neu in der Sammlung. Fünf neue Länder, so wie es auch fünf neue Länder waren, die 1990, na gut, schlechter Vergleich. Uruguay, Argentinien, Burma, Mauritius und Island heißen sie. Die Globalisierung schreitet voran. Auch in meiner Kartensammlung. Ich find dis gar nicht mal so schlecht. Im Gegenteil, ich lebe dafür. Soll dieses Attac ruhig kommen, ick mach nich uff! Ansonsten mach ich natürlich auf. Selbstverständlich, wenn jemand klingelt, soll er nicht umsonst geklingelt haben. Ich werde ihn mit offenen Armen empfangen. Egal ob Zeugen Jehovas oder Initiative gegen den Havelausbau. Sie allesamt waren schon Gast in meinem Hause. Die vom Bund für Umwelt und Naturschutz Deutschlands (BUND) sogar über eine Stunde lang. Da bin ich nämlich eingeschlafen, als die mir was erzählten. Und als ich wieder erwachte, da waren die immer noch da. Wedelten mit einer Unterschriftenliste, und die Kekse, die waren alle. Die waren allerdings vorher auch schon alle, da können die Naturschützer nichts für. Die hat mein Hund aufgegessen, vor sieben Jahren.

Mein Hund. Ein Pudel. Ein großer, ein sehr großer Pudel war er. Größer als ich. Schätze mal, er hatte einen Gehirntumor, weil er so groß war. Unnormal groß war er. Der Arzt, der wollte ihn noch nicht mal angucken, so riesig war er. 2,70 Meter bestimmt. Ich hatte damals leider kein so langes Lineal, sonst hätte ich ihn auf alle Fälle mal gemessen.

Mein Hund. Er war garantiert der größte Pudel der Welt, mit Abstand. Er war eine Sensation. Als solche allerdings schlecht zu vermarkten, weil er immer so schrecklich ängstlich war. Er scheute die Öffentlichkeit. Den lieben langen Tag lag er faul auf dem Sofa herum und guckte Fernsehen. Man selber konnte eigentlich nur daneben sitzen, neben dem Sofa, der nahm den kompletten Platz in Anspruch. Kein Wunder, dass ich Depressionen bekam. Er aber auch. Das heißt, ich weiß es nicht genau, ich vermute es mal stark, er sprach ja nicht darüber. Er konnte nicht sprechen. Er war ein Hund. In diesem Sinne völlig normal. Ab und zu habe ich ihn auch mal gestreichelt. Dis is auch völlig normal. Dis macht man so mit Hunden. Dis hat nichts mit Missbrauch zu tun. Jedenfalls nach dem derzeitigen Erkenntnisstand der wissenschaftlichen Untersuchungen. Mein Pudel hatte ja keinen Namen. Ich wollte ihm einfach keinen überstülpen, einen, den er nachher vielleicht gar nicht mochte. Ich respektierte ihn so wie er war, als Wesen. So rief ich ihn auch immer: Wesen. Doch dis hatte sowieso keinen Zweck, den zu rufen. Ob er es überhaupt hörte? Wahrscheinlich hörte er es nicht, er konnte ja noch nicht mal kacken, deswegen hat er auch nie was gegessen, außer die Kekse, einmal, obwohl, wenn ich mich richtig erinnere, vielleicht waren da in der Keksdose auch nie Kekse drin gewesen? Dis würde vieles erklären. Hab mich ja schon gewundert damals, wie der die Keksdose überhaupt aufgekriegt hat, mit seinen Pfoten. Wo der doch ansonsten auch nie was aufgekriegt hat, den Mund nich, das Arschloch nich, noch nich mal die Augen hat der aufgekriegt. Der hat Fernsehn geguckt, mit geschlossenen Augen. Ach du Scheiße, ej! Wahrscheinlich Gehirntumor. Jetzt ist er tot. Was für ein Leben! Aber, man steckt nicht drin. Vielleicht fand er sein Leben ja auch ganz okay. Vielleicht besaß er eine rege Phantasie. Ich denk mir ja auch oft was aus, wenn's mir schlecht geht. Dann bin ich zum Beispiel ein Held, der den, sagen wir mal, Bösen, nein, sagen wir ruhig den bösen Reichen, in einem, sagen wir mal, lateinamerikanischen Staat (lateinamerikanisch, zwinker, zwinker), der denen da etwas wegnimmt, und dis dann den guten Armen, zu denen da, in deren ihre Hütten reinbringt. Ich kämpfe dabei gegen viele. Manchmal gegen eine zehnfache Übermacht. Die haben Panzer, ich besitze lediglich meine Fäuste. Dis war schon sehr oft eine brenzlige Situation. Einmal hing mein Leben gar an einem Faden, einem seidigen. Der drohte zu reißen, in Kürze. Aber das Glück, es stand auf meiner Seite. Mit ihm zusammen war ich stärker als die anderen. Stärker als die Bösen. Immer.

Dis is eben der Vorteil. Bei den Guten. In der Phantasie.

Mauritius ist übrigens eine kleine Insel, östlich von Madagaskar. Eine Insel der Liebe, sagt man. Da fahr ich mal hin, wenn ich groß bin, und wer will, der kommt einfach mit, dann, wenn ich groß bin. Hoffentlich bin ich bald groß.

Lt Surf empfiehlt zu diesem Text: *Jefferson Airplane feat. Grace Slick – White Rabbit*

Stummschaltung – *Lt-Surf*

Ich bin in Panik vor der Zeit
Der, die vergeht und der, die stehenbleibt

Doch da sind tausend echte Farben
Draußen vor dem Fenster
Dazu Schüsse, Kirchenglocken
Und zwei Hubschrauber, ganz nebenbei

Sie tauchen Hand in Hand
Bis hin zum Grund der Spree
Durchstoßen ihn und finden
Neue Flüsse, Seen, Gründe
Auf ihren Schultern, in den Haaren
Sand und Wassergras

Sehr leicht sind ihre Schritte
Ohne Schwere, leicht das Atmen
Während Fische ihre Schläfen küssen
Andre Fische fressen sie
Sie bleiben Hand in Hand

Lt Surf empfiehlt zu diesem Text: *Rote Gitarren – Anfang. LP »Hallo Nr. 1«*, Amiga 1972

Zehn gute Gründe, sich vorzeitig zu verabschieden: 4. Ärzte – *Robert Weber*

Ärzte zum Beispiel, diese sich Dentisten schimpfenden, im Maul herumfuhrwerkelnden Zahnschmelzdestruktivisten, dieses herzzerreißende Kardiologengeäder, dieser schlauchschluckenlassende Internistenschlund, dieses nervenzerrüttende Neurologengespinst, dieses Allergien auslösende Dermatologengeschwür, dieser analfixierte Proktologenhaufen, diese geile Gynäkologenzucht, diese Abdecker, die sich Chirurgen nennen, dieses ketzerisch stippvisitende Oberarztgesockse samt seinem studentischen Rattenschwanz, all diese marktschreierischen Eisenbarts mit ihren Wunderwassern, diese heiligen Verfechter eines nichtsnutzigen Präparatentums, dieses nur sich selbst verschriebene, als ginge es um ihre eigenen Eingeweide, ewig klagende und jammernde Freimaurerpack, diese hinterfotzigen Gelddruckmaschinen mit ihrem hypokratischen Meineid, diese schröpfenden und kröpfenden Desinteressenten, dieser Aderlass des menschlichen Wohlbefindens, diese blutegelhaften Schmarotzer des altersbedingten Siechtums, dieser aus dem Alchemistenstadium nie hinausgekommene Seuchenherd, diese Pandemie der Spezialisten für alles und für allem für nichts, diese Krankheitserreger oder Krankheitserfinder, diese notorischen Fehldiagnostiker, diese so genannten *Kapazitäten* auf dem Acker des Fleisches, die besser Schmied oder Friseur hätten bleiben sollen, dass man auf die auch noch angewiesen ist, all das (ist ein Grund, um vorzeitig abzutreten).

Lt Surf empfiehlt zu diesem Text: *Loituma – Ievan Polkka (Ieva's Polka). Album »Things of Beauty«*, 1995.
Eigentlich ein finnisches Volkslied, komponiert 1937 von Eino Kettunen.

Brutzel, brutzel, brutzel … – *Tube*

Es war im Treptower Park, wo die Dampfer der Weißen Flotte parken, wo auch das Flugzeug, das einzige Wasserflugzeug Berlins, immer landet und startet.

Hier stellte ich neulich fest, dass es gelegentlich Missverständnisse gibt, die man nicht aufklären will, die man einfach so im Raume stehen lässt.

Ich bestellte mir an einer Currywurstbude eine Currywurst, und während die Wurstverkäuferin mir mit dem Rücken zugewandt die Currywurst zubereitete, las ich auf der Karte, dass die Wurst 2,50 Euro kosten soll.

Das fand ich zu teuer, deshalb ging ich einfach fort. Ich ließ die Frau weiter an der Wurst rummachen, ich hab nicht gesagt: »Tschuldigung, das war ein Missverständnis, ich dachte, hier gibt's normale Preise.« Ich ging, ohne etwas zu erklären.

Und da ich zu diesem Zeitpunkt der einzige Kunde war, dürfte sich die Wurstverkäuferin wenig später mit der fertigen Wurst zu einem leeren Verkaufstresen umgedreht haben.

Leider kann man als Kunde in einer solchen Situation nicht das Gesicht der Verkäuferin sehen, das mich ja schon ein bisschen interessiert hätte.

Ich kann nur versuchen, mir ihr Gesicht ansatzweise vorzustellen, indem ich mich gedanklich in ihre Situation hineinversetze und dann in einen Spiegel schaue.

Daheim tue ich das. Ich stelle mir vor, ich stehe als Verkäuferin in einer Currywurstbude.

Ach ist das langweilig. Ich hab noch keine einzige Currywurst verkauft heute. Wenn das so weitergeht, kann ich Feierabend machen. Aber oh, da kommt ein Kunde. Ein Mann. Der sieht aber gut aus. Sitzt meine Frisur? Noch mal schnell in die Haare gefasst. Oh nein, ich darf mir doch nicht in die Haare fassen, jetzt muss ich mir erst die Hände waschen. Ach, er ist schon da. Jetzt muss ich ihn bedienen.

»Bitteschön. Was darf es sein?«

Oh, oh, oh! Er hat eine Currywurst bestellt. Er ist vermögend. Jetzt aber ran ans Werk. Schnell die Wurst ins Fett. Ja. Brutzel, brutzel, brutzel. Hmm. Eine leckere Currywurst. Die wird ihm sicherlich munden. Jetzt die Wurst nochmal umgedreht, damit sie auch von der anderen Seite schön wird. Brutzel, brutzel, brutzel. Und fertig. Rauf auf den Pappteller. Ketchup drüber, Schrippe dazu und »Bitteschön! Hier ist Ihre Curry ...« Nanu? Wo ist er denn hin?

Jetzt ist der Zeitpunkt für mich, in den Spiegel zuschauen. Ich sehe mich. Tube. Ich sehe ganz normal aus, so wie ich glaube immer auszusehen. Naja. Da oben auf der Stirn ist ein Pickel, den könnte ich bei der Gelegenheit gleich mal ... Moment. So. Jetzt muss ich noch den Spiegel putzen.

Fazit: Die Verkäuferin hat einen Pickel gekriegt. Muss aber nicht sein. Vielleicht hat sie auch das gedacht: Nanu? Wo ist er denn hin? War er überhaupt da? Oder war er vielleicht eine Halluzination? Eine optische Täuschung, eine Fata Morgana? Habe ich zu lange in der Sonne gestanden? Nein! Ich bin sicher, er war da. Vielleicht kommt er gleich wieder. Er ist bestimmt nur mal kurz weg, aber dann, wenn er wiederkommt, ist die Wurst kalt. Ich werde vorsorglich mal eine zweite Wurst warm machen. Brutzel, brutzel, brutzel ..., und eine halbe Stunde später denkt sie: Nein. Er kommt nicht wieder. Er ist weg, und nun steh ich alleine da, mit zwei Currywürsten, ach ich Ärmste. Oh, oh, oh, was für ein Beruf.

Lt Surf empfiehlt zu diesem Text: *Guana Bats – Batman*. Psychobillyband aus Feltham, Middlesex, England.
Single »Seethrough«, 1986

Mein Leben ohne Pillen – *Spider*

Wenn man wie ich ständig starke Kopfschmerzen hat, gewöhnt man sich irgendwann an sie. Man gewöhnt sich an alles: Schmerzen gehören zum Leben, wenn du eines Morgens aufwachst und nichts tut dir weh – dann bist du tot, Schmerz ist nur ein Gefühl. Ich gewöhnte mich daran, aber es tat trotzdem weh. Ich verzehrte Unmengen an Schmerzmitteln. Ich nahm zu, ja ich bekam Übergewicht von den Tabletten.

Als die Schmerzen dann plötzlich weg waren, von einen Tag auf den anderen, da war ich beunruhigt. Als die Kopfschmerzen nach ein paar Tagen nicht wiederkehrten, ging ich zum Arzt.

»Sie wollen also, dass ich Sie untersuche, weil Sie keine Beschwerden haben?«, fragte der.

»Äh ja«, sagte ich, »vielleicht bin ich ja irgendwie andersrum. Vielleicht ist bei mir irgendwas falsch verdrahtet worden, irgendein überflüssiges Negationsglied im Signalweg. Vielleicht tat mir der Kopf weh, so lange alles in Ordnung war. Und jetzt stimmt irgendwas nicht, und wegen der falschen Verdrahtung tut es jetzt nicht weh, obwohl es das eigentlich sollte, so wie mir vorher was wehgetan hatte, obwohl es das eigentlich nicht sollte.«

»Sie sind BMSR-Techniker, stimmt's?« fragte der Arzt.

»Stimmt!«

»Waren Sie denn mal beim Arzt, als Sie noch Kopfschmerzen hatten?«

»Ja, aber da wurde mir immer unterstellt, ich würde mich nur krankschreiben lassen wollen, ich sei arbeitsscheu. Sehen Sie, und jetzt, wo mir nichts wehtut, wo es gar nicht darum gehen kann, mich krank zu schreiben – ich habe ja nichts –, jetzt müssen Sie mir doch einfach glauben, dass etwas nicht stimmt.«

Das sah der Arzt ein. Ich wurde untersucht. Mein Kopf wurde geröntgt und Blut abgenommen, sie machten EEGs und schoben mich in die Röhre.

»Tja«, sagte der Arzt, als er alle Befunde beisammen und gründlich ausgewertet hatte.

»Nun?«

»Tja, so was habe ich noch nie erlebt. Aber es gibt keinen Zweifel.«

»Also was ist jetzt?«, wurde ich ungeduldig.

»Also eigentlich sollte man annehmen, Sie seien gesund. Davon bin ich ja ausgegangen. Darum haben wir auch alles doppelt und dreifach überprüft. Aber es gibt keinen Zweifel: Sie sind hirntot.«

Das war allerdings eine Überraschung. Ich konnte mich nicht erinnern, jemals zuvor so etwas gehört oder gelesen zu haben. Aber ich konnte mich sowieso nur ganz schlecht und an ganz wenig erinnern. An manches aber doch. Zum Beispiel daran, mal eine Verfügung niedergelegt zu haben, ein so genanntes Patiententestament, dass ich als aussichtsloser Fall nicht künstlich am Leben erhalten werden wollte. Der Arzt lachte aber nur darüber. Er knipste das Deckenlicht aus.

»Mehr kann ich im Moment nicht abschalten. Doch hier warten Sie mal, der Anrufbeantworter.«

Er lachte wieder. Ich konnte es ihm nicht verdenken.

»Meinen Sie, ich muss meinen Führerschein abgeben?«, fragte ich ihn.

»Keine Ahnung«, prustete er, »vielleicht kriegen Sie ein Autokennzeichen mit drei Buchstaben, BAR oder OHV …«

Auf dem Weg nach Hause aß ich bei McDonalds ein paar Hamburger. Der Raum war auf Basketball dekoriert mit Fotos und Spielerautogrammen und einem Korb an der Wand. Ich sah mir die anderen Kunden an. Sie aßen Burger und Fritten, tranken Cola. Junge Menschen mit viereckigen Brillen. Mädchen in Rosa und voller Glitzersteine. Jungs mit Baseballmützen und ulkigen Hosen. Ob sie auch alle hirntot waren? Ich bestellte mir noch einen Cheeseburger.

Zu Hause rief ich ein paar Kumpels an und versuchte sie zu überreden, mit mir auf ein Bier in die Kneipe zu gehen. Die meisten sagten: »Nee, heute nicht. Mach mal Pause, sonst versäufst du noch dein Gehirn!«

»Aber das ist ja gerade das Problem«, wand ich ein, »ich bin hirntot.«

»Sehr witzig!«

Also blieb ich zu Hause und grübelte. War ich eigentlich noch zurechnungsfähig? Schuldfähig? Oder konnte ich morgen – sagen wir mal – in irgendeine Bank reinmarschieren und »Hände hoch, Überfall!« rufen? Und wenn sie mich kriegten, war ich ja hirntot?

Andererseits war mein Körper in Ordnung. Jetzt wo ich keine Unmassen an Tabletten mehr schlucken musste, würde ich bald auch wieder schlank sein. Vielleicht sollte ich mich zur Verfügung stellen für eine Gehirntransplantation. Am besten für ein weibliches Gehirn, dann käme vielleicht auch mal ein bisschen Ordnung in die Bude. Über solchen Gedanken schlief ich schließlich ein.

Am nächsten Morgen weckte mich ein Klingeln an der Wohnungstür. Draußen standen zwei Mitarbeiter der Gubener Plastinate GmbH.

»Wir haben gehört, Sie sind hirntot. Kommen Sie bitte mit.«

Es schien sie überhaupt nicht zu stören, dass ich noch lebte. Also mein Gehirn ja wohl nicht, aber alles andere. Dummerweise hatte ich tatsächlich mal im Suff so ein Formular für eine Körperspende ausgefüllt. Jedenfalls ließen sie sich nicht abwimmeln. Ich bat sie ins Wohnzimmer und servierte ihnen erst mal Kaffee. Die gute Krönung. Sie waren so dankbar: »Unser Chef ist sehr sparsam. Bei uns in Guben kriegen wir nur Muckefuck.«

»Na dann brühe ich mal noch eine Kanne.«

»Au ja! Dann müssen wir aber los.«

Ich ließ sie auf dem Sofa sitzen, warf mir im Flur einen Mantel über und schloss die Wohnung von außen ab. Ganz schön clever für einen Hirntoten, fand ich. Die beiden Plastinate-Mitarbeiter riefen mir aus dem Fenster hinterher: »He Sie, he, wo ist der Zucker? Hallo, der Zucker? Für den Kaffee.« Sie schienen sich aber ansonsten mit ihrer Lage abgefunden zu haben und gar nicht in die Leichenfabrik zurück nach Guben zu wollen.

Ich ging erst mal zum Bäcker frühstücken. Dann kaufte ich mir eine Zeitung und fuhr mit der Ringbahn, bis die Cafés öffneten. Ich setzte mich in eines um zu grübeln. Was sollte ich jetzt tun? Ob nach mir gesucht wurde? Aber ich hatte ja eigentlich nichts Verbotenes getan. Ich rief in meiner Wohnung an. Die beiden Plastinate-Männer waren immer noch da und gerade dabei sich einzurichten. Ich gab ihnen noch ein paar Tipps und erklärte ihnen, wo alles war. Mit den Vorräten, die ich im Hause hatte, konnten sie locker eine Woche auskommen. Sie sagten, ich solle mir ruhig Zeit lassen. Sie wüssten ja auch noch nicht, was sie mit ihrem neuen Leben anfangen sollten. In die Fabrik zurück konnten sie nicht, ihr Chef würde sehr ungehalten und aufbrausend reagieren, weil sie ein Präparat verbummelt hatten, nämlich mich. Sie würden sich etwas überlegen, es würde völlig ausreichen, wenn ich ihnen in einer Woche den Schlüssel schicken ließ, der Bote müsste ihn bloß durch den Briefschlitz der Wohnungstür werfen. Ich versprach, dafür zu sorgen.

Und wie ging es nun mit mir weiter? Ich hatte plötzlich Ferien. Um zu verreisen fehlte mir freilich das nötige Geld. Aber nach Hause gehen konnte ich nicht. Da wohnten jetzt zwei ehemalige Gubener. Ich musste mir was einfallen lassen. Dummerweise war ich hirntot. Dann kam mir die Idee, dass ich erst mal für ein paar Wochen, wenn nicht Monate, versorgt wäre, wenn ich mich bei der neuesten Staffel der Fernsehsendung »Big Brother« bewerbe, was ich hiermit tue. Ich hoffe, Sie können meinem Antrag entsprechen, Sie würden mir damit sehr helfen.

Im Voraus dankend

Ihr Andreas Krenzke

Lt Surf empfiehlt zu diesem Text: *City – Traum. Album »Am Fenster«*, Amiga, 1978

Brot – *Ahne*

Im Jahre 2005 rief bei mir die B.Z. an. Sie machten gerade so eine Serie, ganze Seite, gut bezahlt, Schriftsteller würden berichten über ihr erstes Mal. »Was für ein erstes Mal?«, fragte ich ahnungslos zurück, »Doch nicht etwa Sex?!« Der Mann am anderen Ende der Leitung zögerte mit seiner Antwort: »Ähm, na ja, doch«, und fügte postwendend hinzu: »Läuft seit heute, Martin Walser war der Erste.«

Normalerweise tue ich ja alles für die B.Z., die meistverkaufte Verkaufszeitung immerhin in Berlin, doch in diesem speziellen Falle, schließlich war ich gerade mal noch nich mal 37 und Sex und so, ich fand man konnte durchaus auch warten, zum Beispiel bis der richtige Partner ins Leben tritt, und dis hatte ich ja zum Beispiel auch schon ein paar mal geglaubt, und da konnte man ja auch sehen, was dann passiert, die Frauen, die wollen einem ja ständig gleich sonst was anhängen, Kinder und so, nein, besser man ist schon reifer, alt und grau, dann spielt das Äußerliche auch nicht mehr so die Rolle, die inneren Werte treten auf den Plan, kurz und gut, ich habe abgelehnt, mit der Begründung, dass Martin Walser und ich, dass wir uns beide lieber aus dem Weg gehen wollen, weil wir uns immer nur streiten, hör mir auf, wegen der Kommasetzung.

Aber, Wunder geschehn, und so passierte es, dass am selbigen Tage die Fachillustrierte ›Bäckerblume‹ anrief und fragte, ob ich nicht mal etwas zum Thema Brot schreiben könne. Da hatten sie mich natürlich auf dem richtigen Bein erwischt und ich begann umgehend zu notieren.

Es muss so zwischen dem Jahr 1980 und dem Jahr 1989 gewesen sein, als ich an meinem Körper auftretende Veränderungen bemerkte. Ich war scheinbar ein wenig gewachsen und auch mein Bauch etwas dicker. Wir besaßen ja zuhause in Berlin-Karlshorst einen Spiegel, darin konnte man sich betrachten. Ab und zu kam es vor, dass auch ich mich darin betrachtete, meist wenn die Mutter außer Haus war und die kleineren Geschwister schon im Bett. Dann stellte ich mich vor den Spiegel hin und begann mich auszuziehen. Langsam. Zuerst die Hose, dann die Strümpfe, da war es immer so, wenn man sich die Strümpfe auszog, konnte man sich nicht gleichzeitig im Spiegel dabei zusehn, jedenfalls ich konnte dis nicht. Ich war schon immer etwas wackelig auf den Beinen und musste mich beim Strümpfe ausziehen immer extrem konzentrieren. Damit ich nicht umfalle. Geschah natürlich trotzdem ab und an, aber es sah ja niemand, zum Glück.

Ich legte die Sachen immer ordentlich auf einen Stuhl, gleich in Reichweite meiner Arme, dis war alles sorgfältig geplant, wenn sich nämlich in der Tür ein Schlüssel rührte, musste ich in der Lage sein, in praktisch Nullkommanichts, vollbekleidet meiner Mutter unter die Augen treten zu können. War ja eine andere Zeit damals. Ich bin ja als Alt-68er geboren. Dis kann man sich heute kaum noch vorstellen, aber damals wurde Erotick noch kleingeschrieben und ohne ck. Noch dazu in der DDR. Da war ja gar kein Platz für hemmungslosen Sex vorgesehen, im Fünfjahresplan.

Mein Pullover, wenn ich den auszog, dann sträubten sich da immer alle meine Haare, und die waren damals ausnahmslos am Kopf angesiedelt. Die standen voll unter Strom. Überall blitzte und donnerte dis. Wie oft habe ich diese Pullover verflucht, während ich mich vor dem Spiegel erotisch entkleidete, wie oft, oh Gott, du ahnst es kaum. Wenn jetzt die kleinen Geschwister aufwachen würden, dachte ich bei mir, so klein waren die ja auch nicht mehr, sollte ich denen vielleicht erzählen, dass ich mir in Muttis Zimmer die Pickel auf der Nase ausdrücken wollte? Vor allem, wo ich doch gar keine Pickel hatte! Wie vieles andere hatten wir ja in der DDR auch keine Pickel. Die bekommt man ja bloß von übermäßigem Südfrüchtekonsum.

Glücklicherweise aber wirkten die Beruhigungsmittel einwandfrei, die ich den Kleinen in den Gute-Nacht-Cocktail gerührt hatte.

Mein Körper. Für den Körper eines zwischen 12 und 18 Jahre alten Jungen war er ziemlich doch erst eher mäßig entwickelt. Das sah man deutlich, wenn ich dazu auch noch das Unterhemd auszog. Da prangten zwei niedliche Brustwärzchen, die sich vom Gänsehautwald drumherum kaum abhoben. Dafür blähte sich das Bäuchlein recht stolz. Wahrscheinlich um dem Besitzer den Anblick der dünnen Grätenbeine zu ersparen. Bäuche sind ja nicht so klug wie Menschen. Die wissen ja nicht, dass man die Stelzen auch im Spiegel sehen kann.

Vor jedem anderen hätte ich mich für meine Erscheinung entsetzlich geschämt, aber mit mir alleine war es eigentlich ganz okay. Was heißt okay?! Dis machte mich irgendwie sogar an. Wusste ich damals natürlich noch nicht, dass mich dis anmachte, anmachen, dis Wort habe ich erst später entdeckt, in einem Buch von Christa Wolf. Oder war es Stephan Heym? Nein, jetzt weiß ich's wieder Kant, Hermann Kant, genau. Der gute, alte Hermann Kant.

Das Prickelndste am Ausziehen war natürlich immer das Ausziehen des Schlüpfers. Zuerst hat man den noch mal ganz hoch gezogen, dass sogar Formen sichtbar wurden, dann hat man den wieder ein bisschen nach unten, wie beim Umkleiden im Sportunterricht, damit die anderen denken sollten, hui, hui, hui, der hat ganz schön was in der Hose, ist ja schließlich kaum zu sehen, der Unterschied, hat man sich eingebildet, dass man dis denken würde. Dann wieder ganz hoch und dann langsam richtig nach unten rutschen lassen, dass man erst noch nichts, dann aber gleich alles sehen konnte. Puller und Sack. Sack mit, ich würde mal sagen, haselnussgroßen Eiern drin, die in der Fachsprache auch Hoden genannt werden, aber ich finde Hoden klingt eklig.

Einen Steifen hatte ich ja schon öfter, immer früh, weil, dis kommt, wenn sich der Urin so staut, hab ich gelernt, von Leidensgenossen, aber auch sonst, wenn ich träumte, zum Beispiel ..., dann auch. Fetisch würde man heute wahrscheinlich dazu sagen.

Hatte ich also einen schönen Steifen. Nicht lang, nicht dick, aber steif. Brauchbar um daran zu reiben. Dis mit dem Reiben, dis war aber kein Instinkt bei mir, dis hatte ich in der Schule gelernt. Von den anderen. Die hörten Deep Purple und erzählten so was. Ich rieb da also immer dran und stellte mir vor, dass Angelika aus meiner Klasse in mich verliebt sei, weil ich ein großer Fußballstar geworden war. Dis war zwar angenehm, dis Reiben, aber dis große Ding, also ehrlich, also Autokartenspielen war mindestens genauso aufregend. Ich machte dis eben und ließ dis mit mir geschehen, gleichzeitig.

Ich kann auch gar nicht mehr sagen, an welchem Tage es passierte. Irgendwann zwischen 1980 und 1989 muss es gewesen sein, da juckte dis plötzlich tierisch. Da vorne, in der Kuller vom Puller. Ich dachte schon, ›Au weia, jetzt bin ich zu weit gegangen, jetzt hat sich da was entzündet, hoffentlich werde ich nicht blind‹, rubbelte aber trotzdem munter weiter. Der Mensch, er ist einfach so einfach gestrickt, er weiß, dass Gewehrkugeln weh tun und baut trotzdem Atomraketen, so ist er einfach, der Mensch, da mach auch ich keine Ausnahme.

Na, die meisten werden die Pointe schon ahnen, irgendwann spritzte da plötzlich so ein dünnes Strählchen milchiger Flüssigkeit aus dem Löchlein der Eichel und dis war's. Mein erstes Mal. Von nun an war ich ein Mann.

Die ›Bäckerblume‹ hat diese Geschichte dann übrigens doch nicht abgedruckt. Sie lehnte unter dem fadenscheinigen Vorwand ab, dass sie keinen Bezug zu dem Thema ›Brot‹ erkennen könne. Dabei hatte ich extra den ganzen Text so genannt. Voll gemein.

Lt Surf empfiehlt zu diesem Text: *Elvis Presley – Milkcow Blues Boogie*. Text und Musik nach Kokomo Arnold, der sich 1938 aus dem Musikgeschäft zurückzog. Oder nach Johnny Lee Wills' Milk Cow Blues von 1941. Who knows? Sun, 1955

Das Ding an der Kasse – *Sarah*

Bei Kaiser's an der Kasse sitzt ein seltsames Ding. Es ist 1,80 Meter lang und hat an seiner dicksten Stelle einen Durchmesser von 70 Zentimeter. Nach oben und unten verjüngt sich die Form. Es ist unbekleidet und von gelbgrünlicher, blasser Hautfarbe. In Konsistenz und Struktur erinnert es an eingelegten Babymaiskolben. Es bewegt sich, indem es sich von der Körpermitte aufwärts langsam und scheinbar ziellos wiegt und windet.

Erst als ich ihm das Geld entgegenhalte, steuert das obere Ende tastend darauf zu. Jetzt erkenne ich eine afterähnliche Öffnung, die sich pulsierend erweitert, um die Geldscheine herum wieder schließt und sie so im Inneren des bemerkenswerten Körpers verschwinden lässt.

Lt Surf empfiehlt zu diesem Text: *Los Straightjackets – Close To Champaign. Album »The Velvet Touch Of…«*, 1999. Produziert von Ben Vaughn.

Zehn gute Gründe, sich vorzeitig zu verabschieden: 5. Liebe – *Robert Weber*

Liebe zum Beispiel, dieses alles zerfressende, zernagende Gefühl, das angeblich auch noch das schönste sein soll, der Sinn allen Lebens überhaupt, dieses schwammig-magengrublige, in den Wahnsinn treibende, marternde Dingsbums, dieses medienfütternde, schmachtende, heulsusige, körpereigene, suchterzeugende Drogengespinst, dieses selbstauferlegte Martyrium des Fleisches und der Seele, diese Niedertracht der Wollust, dieser Zimmermanns- oder besser Sargnagel in der Brust, dieser Mühlstein des Herzens, dieser randalierende Bauchhirntumor, dieses gefräßig herumtrollende Rattenrudel in den Eingeweiden, dieser Dorn im Auge des Betrachters, dieses Altweiber- und Jungromantikergewäsch, dieses ach so edle aller unglückseligen Emotionen, dieses ständige Mann-sucht-Weib-sucht-Weib-sucht-Mann, dieses von Geburt an heischende, kreischende, seufzende, auf- und abopfernde, dieser Mord- und Totschlag erzeugende Lebensborn, dieses Gerangel und Gebuhle um die vordersten Plätze in der Fortpflanzungsstatistik, diese Geschlechtskrankheit des Geistes, dass man sich das auch noch freiwillig antut, all das (ist ein Grund, um vorzeitig abzutreten).

Lt Surf empfiehlt zu diesem Text: *Esther und Abi Ofarim und das Orchester Peter Thomas – Wenn ich bei dir sein kann (Cotton Fields), Album »Melodie einer Nacht«*, Philips, 1965

Besuch aus der Provinz – *Spider*

Haben Sie vielleicht mal ein bisschen Kleingeld? Ein paar Cent, für etwas zu essen? Oder einen Fahrschein vielleicht? Schönen Tag noch!« Es war gar nicht schwer, ich hatte die Leier ja oft genug gehört, jeden Tag, wenn ich zur Arbeit fuhr. Es fiel mir nicht schwer, jetzt genau so zu klingen, genau so auszusehen, eigentlich fehlte mir bloß noch ein Hund.

»Hallo, haben Sie vielleicht ein bisschen Kleingeld übrig? Danke, schönen Tag noch!« Eine neue U-Bahn spie neue Berlinbesucher auf den Bahnsteig der Hochbahn über der Schönhauser Allee. »Ein paar Cent für eine Mahlzeit?«

Das Mädchen mit dem Hund bekam eindeutig mehr. Egal. Hoffentlich kam niemand aus dem Büro vorbei. Das fehlte noch, dass mich jemand von denen hier sah, wie ich auf der U-Bahntreppe saß und bettelte.

»Haben Sie vielleicht einen Fahrschein, den Sie nicht mehr brauchen? Oder ein bisschen Klein… Hallo Mama! Hallo Papa!«

»Na mein Junge, wie geht es? Einen schönen Arbeitsplatz hast du, muss ich schon sagen, sehr … urban. Also, wenn ich nicht schon Rentner wäre …« Grinsend drückte mir Papa einen 20-Euroschein in die Hand. »Mach Feierabend, Junge!«

Die Begrüßung war schon mal ohne Komplikationen vonstatten gegangen. Ich war nämlich beunruhigt gewesen, mehr als beunruhigt, als meine Eltern angekündigt hatten, mich zu besuchen, zum ersten Mal seit ich aus Schwäbisch Hall fortgezogen bin. Zu Besuch wollten sie kommen, nach Berlin. Jetzt wo sie sich zur Ruhe gesetzt hatten, wo sie das kleine Drogeriegeschäft an den – wie man so sagt – Nagel gehängt hatten, wollten sie doch mal sehen, was ihr Sohn in der fernen Hauptstadt so trieb. Meine Schwester war nach München gezogen, hatte sich selbständig gemacht, mit einer Praxis für Physiotherapie, bei der waren sie auch schon gewesen. Jetzt also ich.

»Wir sind in der Woche eh in Barcelona, da können deine Eltern bei uns im Zimmer wohnen«, hatten Katrin und Maik aus meiner WG gesagt. Schöne Freunde waren das.

»Danke!«, hatte ich sarkastisch geantwortet, »Wenn eure Eltern mal kommen, tue ich dasselbe für euch. Versprochen!«

»He, nicht drohen«, hatte Katrin gelacht. Die hatte gut reden. Die kannte meine Eltern ja nicht. Sie lernte sie auch nicht kennen, sie war in der fraglichen Woche ja mit Maik in Barcelona. In der Woche als die Eltern da waren. Sie waren so neugierig auf Berlin, sie hatten so viel gehört, und ihr Sohn wohnte auch noch auf diesem berühmten Prenzlauer Berg, sogar in einer WG.

»Hier schaut es aber recht bürgerlich aus«, staunte Papa über den Deckenstuck und die abgezogenen Dielen.

»Jaja«, sagte ich in gespieltem Trotz, »das hat der Vermieter so gemacht, um das mal teuer zu vermieten eines Tages. Ein echter Immobilienhai. Der würde uns am liebsten hier raus haben. Aber wir lassen uns nicht vertreiben.« Den Teufel würde ich tun, meinen Eltern davon zu berichten, wie wir mit der schweren Schleifmaschine tagelang den Fußboden bearbeitet hatten oder den Stuck abgewaschen und die Türen abgebrannt. Das hätten sie nicht verstanden, dafür war der Junge nach Berlin gegangen? Gott sei dank hatte ich es noch geschafft, ein gutes Dutzend Poster aufzuhängen, Poster von Punkbands und dubiosen Hardcorefestivals, die ich rasch zusammengekauft hatte. Die Bandnamen sagten mir nichts, und von der Musik würde ich bestimmt Durchfall bekommen. Aber es ging ja um den schönen Schein. Die Topfpflanzen hatte ich alle im Keller versteckt, nur der Kübel mit der Hanfpflanze durfte bleiben. So sah es doch schon recht klischeehaft aus, wie in einer WG auf dem Prenzlauer Berg. Und der Kühlschrank war selbstverständlich leer, ich hatte am Tag zuvor für alle Freunde gekocht. Darum war auch ein Berg Abwasch in der Küche.

»Macht es euch gemütlich!« Ich zeigte ihnen das Zimmer von Katrin und Maik. »Das sind Studenten.« Dabei waren die meisten der Bücher von mir und der Laptop auch. Ich hatte alles rübergeräumt. Deshalb sah mein Zimmer so spartanisch aus. Papa pfiff anerkennend.

Eigentlich war es ein ganz netter Besuch. Aber auch anstrengend. Meine Eltern zogen richtig um die Häuser. Sie machten richtig ein Fass auf. Und immer wollte mein Vater bezahlen. »Lass mal Junge, du hast es nicht so.«

Einmal gelang es mir, mich einen Vormittag lang abzusetzen. Ich behauptete, zum Amt zu müssen, wegen ALG II. Ich konnte meine Eltern mit Mühe davon abhalten mitzukommen. Mama packte mir für den Warteraum ein paar belegte Brote ein und eine Flasche Bier, Oettinger. »Das trinkst du doch immer.« »Danke Mama!« Ich schenkte beides dem Obdachlosenzeitungsverkäufer am Supermarkt. Dann fuhr ich auf die Oranienburger Straße und trank einen Latte Macchiato nach dem anderen. Zufällig kam einer aus der Agentur vorbei, er grüßte beschäftigt und ging weiter. Hoffentlich kamen meine Eltern jetzt nicht um die Ecke. Das fehlte noch, dass die mich hier sahen, wie ich Latte trank und mit dem WLAN-Notebook im Internet surfte. Aber natürlich kamen sie nicht. Sie hatten sich einen gemütlichen Tag im Mauerpark gemacht, und Mama hatte sich aus Versehen in einen Hundehaufen gesetzt, wie sie mir glücklich lachend berichteten. So was passierte ihnen in Schwäbisch Hall nie.

Am nächsten Tag besuchten wir Friedrichshain, am übernächsten Kreuzberg. Die Szenebezirke eben. Am Mittwoch schleppte ich sie in den Mudd Club und zeigte ihnen die Surfpoeten. Es war natürlich scheiße, aber meinen Eltern gefiel es, wie allen Touristen oder Neuberlinern. Mir hatte es damals, als ich neu in der Stadt war, ja auch gefallen.

Die Zeit mit meinen Eltern verging dann doch recht schnell. Am Tag ihrer Abreise begleitete ich sie noch zum neuen Hauptbahnhof. Unterwegs wurden wir kontrolliert. Dabei wäre meine Tarnung fast aufgeflogen, als ich dem Kontrolleur mein Semesterticket zeigte.

»Ich dachte du bist exmatrikuliert«, staunte Papa und steckte die 40 Euro wieder ein, die er schon meinetwegen gezückt hatte.

»Also, das Ding ist gefälscht. Ich kenne da einen Drucker, der macht so was.« Papa akzeptierte die Ausrede.

Vom Bahnhof fuhr ich direkt in die Agentur. »Na, Eltern wieder abgereist?«, fragten die Kollegen. Ich nickte.

»Und, wie fanden sie Berlin?«

»Ganz gut, denke ich.«

»Und dass du immer noch an der Uni eingeschrieben bist, wie fanden sie das?«

»Ach meine Eltern sind total tolerant.«

»Sind sie wenigstens auch ein bisschen stolz, dass du hier bei uns in der Werbung arbeitest?«

»Ja, total stolz«, flunkerte ich. Ich flunkerte. Die Wahrheit ... hätten sie die Wahrheit überhaupt verstanden? Ich denke nicht.

Lt Surf empfiehlt zu diesem Text: *Red Elvises – Hawaii. Album »I wanna see you bellydance«*, Shooba-Dooba Records, 1998

Sechs Stunden – *Tube*

Ganze sechs Stunden habe ich gebraucht, um meine Lohnsteuerkarte zu finden. Wesentlich länger als es gedauert hat, sie zu verbummeln. Um die Lohnsteuerkarte zu verbummeln, habe ich sie nur auf den Schreibtisch gelegt und mir eingeprägt: Dies ist ein wichtiges Dokument. Das musst du bei Gelegenheit vom Schreibtisch herunternehmen, in eine Klarsichthülle stecken und in einem Ordner für wichtige Dokumente abheften. So blieb die Lohnsteuerkarte eine Zeit lang unberührt auf dem Schreibtisch liegen, dann kam ein Buch hinzu und etwas später eine Kaffeetasse, die durch ein Missgeschick umkippte.

Im Grunde genommen war die Pflanze schuld. Sie stand auf dem Regal über dem Schreibtisch, und normalerweise war sie sehr zurückhaltend. Sie steckte brav in ihrem Topf, ließ ein paar Blätter schlaff über den Rand baumeln und den Tag einen lieben Tag sein und die Nacht eine liebe Nacht.

Dann hatte ich begonnen, die Pflanze regelmäßig zu gießen. Ich war es leid, wegen jeder halb ausgetrunkenen Kaffeetasse in die Küche zu laufen und den kalten Kaffee ins Spülbecken zu kippen. Also bekam die Pflanze den Kaffee, jeden Tag etwa eine halbe Tasse. Da ist sie völlig ausgetickt: Die Blätter reckte sie spitz und keck empor, und über den Topfrand wuchsen plötzlich Greifarme mit denen sie schließlich bis zum Schreibtisch hinablangte, wo sie die Lohsteuerkarte packte und schnell versteckte. Und zwar in dem Buch. Also, ich habe es nicht gesehen, aber so wird es gewesen sein. Sie hat die Lohnsteuerkarte genommen, das Buch aufgeklappt, die Lohnsteuerkarte in das Buch hineingelegt und dann das Buch zugeklappt. Schwupps, weg war sie.

Und dann ist das mit der Kaffeetasse passiert. In der Kaffeetasse war kalter Kaffee, der eigentlich für die Pflanze bestimmt war. Nicht ganz unbeteiligt war auch der Digitalfotoapparat. Eigentlich war der Digitalfotoapparat sogar Initiator des Unglücks. Er stand auf dem

Schreibtisch neben dem Buch und war außerdem durch ein Kabel mit dem Computer verbunden. Somit kann ich prinzipiell auch dem Computer, der neben dem Schreibtisch steht, eine gewisse Schuld zuschreiben. Weil, hätte der Computer dort nicht gestanden, wäre auch keine Kabelverbindung zum Digitalfotoapparat vorhanden gewesen und das Unglück nicht geschehen. Ich glaube, es würde zu weit führen, jetzt auch noch den Erfindern der Rechenanlagen eine Teilschuld in die Schuhe zu schieben. Aber man kann es durchaus anmerken: Hätten Menschen wie Turing, Neuman oder Zuse nicht diese Pionierarbeit geleistet, stünde neben meinem Schreibtisch kein Computer und das Unglück wäre nicht geschehen.

Und dann war da noch der Urknall. Der Urknall ist prinzipbedingt an allem schuld. Ohne ihn wäre das Unglück natürlich auch nicht geschehen. Ohne ihn wäre kein Unglück geschehen. Kein einziges Unglück, keinen Krieg hätte es je gegeben und keine Lohnsteuerkarten.

So war es aber nun geschehen, dass ich eines Tages den Digitalfotoapparat vom Schreibtisch nehmen wollte und dabei vergaß, dass er noch durch ein Kabel mit dem Computer verbunden war. Deshalb zerrte ich an dem Kabel den Computer fort, der hochgerissen wurde, auf dem Schreibtisch landete und dort umkippte, gemeinsam mit der Kaffeetasse.

Und da musste ich schnell handeln. Das Buch vom Schreibtisch nehmen, damit es nicht nass wird.

So kam es, dass das Buch eine geraume Zeit neben dem Schreibtisch lag. Dann kam ein weiteres Buch hinzu. Und dann noch ein Buch. Schließlich landeten die drei Bücher im Bücherschrank neben ganz vielen anderen Büchern, und dann kam der Tag, wo dieses Amt meine Lohnsteuerkarte haben wollte. Dieses Amt für den Kindergartenplatz. Die wollten auf diese Karte gucken. Und dann musste ich suchen. Das hat gute sechs Stunden gedauert. Wesentlich länger, als sie zu verbummeln, denn zum Verbummeln musste ich sie nur auf den Schreibtisch legen.

Und das Verrückte ist: Gefunden habe ich die Lohnsteuerkarte in einem Pappkarton, wo lauter lose Fotos drin waren. Zwischen all den Fotos lag sie versteckt. Also nichts mit dem Buch, das im Schrank stand, in dem nachzugucken ich sowieso nie im Leben gekommen wäre.

Es ist einfach rätselhaft.

Lt Surf empfiehlt zu diesem Text: *Johnny Hallyday – On Me Recherche*. Philips, 1970

Zehn gute Gründe, sich vorzeitig zu verabschieden: 6. Schauspieler – *Robert Weber*

Schauspieler zum Beispiel, diese angefurzte Gattung fratzenschneidender Fatzkes, diese Spiegleins-Spiegleins-an-der-Wand, diese überheblichen Provinzkarnevalisten, diese Nachplappermäuler mit ihrem auswendig gelerntem Gehirn, diese aufgeblasenen Halbschönlinge, diese Schülertheateremporkömmlinge, diese wichtigtuerischen Zentren der Scheinwelt, diese Pinocchios und ausgedachten Witzfiguren, diese direkten Nachfahren der Neanderthaler, die ach so spielfreudig auf den wurmstichigen Brettern, die die Welt bedeuten sollen, herumgrimassieren, herumgestikulieren oder besser: herumspasten, diese Gretels und Kasperles im Theater, diese hohlen Possenreißer, diese Filmhuren und Zelluloidstricher, diese niemals erwachsen gewordenen Kichererbsen, dieser Autorenauswurf, dieser akzentuierte Regisseursdünnschiss, dieses affektierte Geschmeiß, dass man das auch noch gut finden soll, all das (ist ein Grund, um vorzeitig abzutreten).

Lt Surf empfiehlt zu diesem Text: *Man… or Astroman? – Flotation Devices for Frequencies Yet to Be Detected. Album »Surf Monsters«*, Del-Fi Records, 1999

Trautes Heim – *Ahne*

Ich denk grad Böses. Sitz auf'm Klo und denk Böses. Hoffentlich kommt keiner rein, während ich hier auf'm Klo sitze und Böses denke. Darf ja nich abschließen, dis Klo. Meine Freundin sagt, so was mache man nicht in einer festen Beziehung, da habe man keine Geheimnisse voreinander. Wenn die wüsste!

Kann also jeder reinkommen hier, während ich Böses denke. Selbst Angela Merkel könnte reinkommen. Aber warum sollte sie? Die hat doch sicher 'ne eigene Toilette. Wahrscheinlich sogar 'ne viel schönere. Die kann bestimmt laut »Spülen!« sagen und dann spült dis. Einfach so. Mit Automatik. Die hat's gut.

Lt Surf empfiehlt zu diesem Text: *Rosie Flores – Country Boy (Girl).* Das ist Country Beat! Cover eines Hits von Ricky Skaggs

Unvollständige Liste der schönen Dinge im Leben eines richtigen Mannes (Teil 2) – *Spider*

Es gibt wohl wenige Dinge, die das Leben eines richtigen Mannes so gründlich zerstören können wie Kinder. Wer selber welche hat, der wird mir gewiss zustimmen. Aber, so werden manche, die eben keine richtigen solchen sind, fragen: was sind denn die schönen Dinge im Leben eines Mannes? Hier ist Teil 2 der unvollständigen Liste.

6. Frieden. Du hast plötzlich Leute in deiner Wohnung, die eigentlich aus gutem Grund in anderen Stadtbezirken wohnen. Sie heißen neuerdings Oma und Opa. Mit diesen Tarnnamen haben sie sich eingeschlichen. Wenn nicht ab und an dein guter Kumpel Kyrill der Orkan auf dem Balkon wüten würde, du würdest all die hässlichen Blumentöpfe, Windlichter und Glockenspiele nie los, jedenfalls nicht mit guter Ausrede. Und der ganze Plüsch-Zoo? Den hat der Junge mit in den Kindergarten genommen, wegen des Mittagsschlafs. Ach, dann bringt Omi demnächst einen süßen Affen mit. Du musst dir unbedingt einprägen: Sie darf nie – nie, nie, nie – den Keller zu Gesicht bekommen.

7. Pazifismus. Du hast noch nie ein Kind gehauen, auch keinen Halbstarken und keinen Erwachsenen, warum solltest du jetzt bei deinen eigenen Kindern damit anfangen? Du bist voll der Peacer. Nur: Das weiß keiner. Manchmal holt sich dein Sohn eine Beule beim Spielen. Komischerweise immer einen Tag bevor ihr wegen irgendwas zum Kinderarzt müsst. Gegen's Klettergerüst gelaufen – es klingt unglaubwürdig, selbst in deinen Ohren, und du warst dabei. Es passiert ganz automatisch. Wenn dein Kind eine große Brüsche an der Stirn spazierenträgt, verfinstert sich dein Gesicht. Grimm funkelt in deinen blutunterlaufenen Augen. Und merkt man deiner Stimme nicht an, dass du nur mühsam deine Aggressivität

mit aufgesetzter Geduld überspielst? Andere Eltern an der Ampel gucken vorwurfsvoll. Du weißt, was man von dir erwartet. Mit abschätzigen Blick auf deren Nachwuchs presst du drohend zwischen den Zähnen hervor: »Det müsste meena sein!«

8. Konsumverweigerung. Toastbrotscheibe unten, Mayonnaise aus der Ppprrrfffttt-Flasche, Scheibe Jagdwurst, Scheibe Käse, Chilisauce, Toastbrot oben. Jahrelang war das gut genug. Und was für ein Waschpulver aus dem Automaten im Salon gerieselt kam, war dir auch egal. Das aufgeschraubte Computergehäuse, der Fäustel auf dem Netzteil, das sonst nicht lief. Shopping war echt nicht dein Ding. Ist es eigentlich immer noch nicht, aber neulich war dir das dann doch peinlich, als du mit deinem Sohn auf dem Schoß auf der Schaukel auf dem Spielplatz auf dem Helmholtzplatz saßest und schaukeltest und aus dem Riss im Schritt deiner Hose leuchtete orange der Billigschlüpfer aus dem Pfennigparadies. Und das war schon ein Rückfall in die gute alte Zeit, denn heute ist eigentlich alles anders. Heute muss das Essen aus dem Biomarkt kommen oder wenigstens mal von dort probiert worden sein. Wusstest du, dass es Monatsbinden im Bioladen gibt? Kanntest du Bio-Salz? Topfreiniger aus Kupfer und den Slogan: »Kupfer – ein Produkt der Natur?« In der Waschmaschinentrommel klappern Waschnüsse. Und du brauchst bald mal wirklich einen Laptop – oder heißt das jetzt Notebook? – damit du nicht immer im selben Raum wie deine Schwiegermutter am Computer sitzen und arbeiten musst, es gibt ja noch andere Räume: die Küche, das Schlafzimmer, den Balkon. Besonders auf dem Balkon stehen die Chancen gut, dass du deine Ruhe hast, zumindest an Tagen, wo das Wetter so ist, dass man keine Oma vor die Tür jagen würde.

9. Alkohol. Du wusstest gar nicht, wie viele Sorten alkoholfreies Bier es gibt. Du wusstest auch nicht, dass alkoholfreies Bier genau so müde macht wie richtiges. Der Hopfen eben. Aber deswegen wirst du noch lange nicht mit einer geöffneten Flasche alkoholfreien

Bieres die Schönhauser Allee entlangschlendern. Das wäre ja noch peinlicher als diese poppige Marotte, mit der Beck´s-Flasche spazierenzugehen, wie alle anderen es tun. Also trinkst du zu Hause, im Sessel, am Küchentisch und, wenn Oma und Opa da sind, auf dem Balkon. Gemeinhin gilt man ja als Säufer, wenn man heimlich zu Hause trinkt. Allerdings trinkst du heimlich alkoholfreies Bier. Gibt es eigentlich auch alkoholfreien Wein? Und was ist mit Schnaps? Irgendwie kannst du Kinder nicht handhaben, wenn du Alkohol getrunken hast – glaubst du jedenfalls. Und ausgerechnet jetzt, zwei Jahre zu spät, muss dieser neue Trend aufkommen: Komasaufen. Es ist zum Haareraufen.

10. Andere Drogen. Es gibt THC-freies Hanf. Es gibt auch psilocybinfreie Pilze, die gibt es sogar in jeder Kaufhalle. Ganz billig sogar. Wenn du überlegst, was du damals bei dieser einen Technoparty bezahlt hast für getrocknete Pilze der Provence oder was das war. Aber die eine Pille, die da noch von früher in ihrem Döschenversteck wartet? Wirst du dir die in einem Getränk auflösen? Und das LSD? Wirst du das irgendwann noch einmal nehmen? Du vielleicht nicht, aber abwarten, bald kommt noch mal die Omi zum Kaffeetrinken vorbei.

Lt Surf empfiehlt zu diesem Text: *Gry with FM Einheit and his Orchestra – Princess Crocodile. Album »Public Recording«,* Indigo, 2000

Möbel – *Robert Weber*

Zuerst waren es nur Kleinigkeiten. Eine CD, die nicht am richtigen Platz stand, das Eselsohr im Buch an einer anderen Stelle, das Salz nicht dort, wo es hingehörte, Kleinigkeiten die, so dachte ich, wohl auf mein nachlassendes Erinnerungsvermögen zurückzuführen waren. Doch dann hatte ich Besuch von einer Freundin. Irgendwas sei anders, meinte sie, sie könne aber auch nicht sagen was. Ein undefinierbarer Gesamteindruck beim Betreten der Wohnung. Ich wusste zunächst nicht, was sie meinte. Der Schreibtisch stand unter dem Fenster, rechts davon das Bücherregal, das Bett an der Wand vis-à-vis der Balkontür, daneben die Kommode. Der Küchentisch unter dem *Bild an der Wand*, darum gruppiert die Stühle. Der Kühlschrank, der Herd, die Anrichte – alles wie immer. Das Bild an der Wand. Jetzt fiel es mir auf. Es war nicht dort, wo es sein sollte. Ich hatte es beim Einzug über den Kühlschrank gehängt und ich konnte mich nicht daran erinnern, es seitdem bewegt zu haben. Doch war ich mir dessen so sicher? Vielleicht hatte ich es ja doch einmal umgehängt. Ich nahm es herunter. Deutlich hob sich das hellere Rechteck von der Wand ab. Ich überprüfte die Stelle über dem Kühlschrank. Der Nagel, an dem das Bild aufgehängt war, hätte ein Loch hinterlassen müssen. Doch da war nichts. Trieb mein Gedächtnis seine Scherze mit mir? So musste es sein. Dennoch hatte mich die Sache mit dem Bild sensibilisiert, und so bemerkte ich am nächsten Tag, dass mein Schreibtisch etwas weiter vom Bücherregal entfernt zu stehen schien, und auch die Bücher im Regal hatten eine andere Ordnung, als ich es von ihnen gewohnt war. Trivialliteratur hatte sich mit Weltliteratur verbrüdert, Sachbücher verirrten sich in meine Comicsammlung. Lexika waren plötzlich mit Kochbüchern auf Tuchfühlung. Und das Bild, das Bild hing jetzt über der Anrichte. Das weiße Rechteck über dem Küchentisch war verschwunden, als wäre es nie dagewesen. Ich war beunruhigt. Mehr als beunruhigt.

Hatte jemand den Schlüssel zu meiner Wohnung? Ich ließ das Schloss auswechseln, doch es half nichts. Am nächsten Tag erwachte ich nicht wie üblich mit Blick auf den Balkon, sondern starrte auf eine weiße Wand. Mein Bett hatte sich, während ich schlief, auf die andere Seite des Zimmers bewegt und sich um 90 Grad gedreht. Ebenso das Regal, der Schreibtisch, der Kleiderschrank. In der Küche waren Waschmaschine und Kühlschrank vertauscht. Das Bild hing jetzt über der Spüle. Die Veränderungen gingen immer rascher vor sich. Kam ich zurück vom Einkaufen, hatte ich das Gefühl, eine fremde Wohnung zu betreten. Schließlich genügte es, mich einmal kurz umzudrehen.

Ich schlafe nicht mehr. Mein Bett wandert unter und mit mir fort. Es wandert durch den Raum, während ich mit offenen Augen auf die vorüberziehende Zimmerdecke starre. Das Bücherregal flaniert an mir vorüber, der Kleiderschrank dreht eine Pirouette. Ich höre, wie in der Küche die Stühle um den Tisch herumtanzen und sich Waschmaschine, Kühlschrank, Anrichte und Bild um die besten Plätze streiten. Ich schlafe nicht mehr, ich werde nie mehr schlafen, alles dreht sich und ich tauche ein, tauche ein in den wahnwitzigen Strudel der ständigen Veränderung.

Lt Surf empfiehlt zu diesem Text: *Kashmir – Surfing The Warm Industrie*

Was ich mal beim Einschlafen so gedacht habe – *Tube*

Der Mond wirft silberne Scheiben von Licht durch die Jalousie ins Zimmer. Das Fernsehprogramm ist alle. Oder auch nicht. Aber ich hab ausgeschaltet, weil sie die letzten zehn Minuten nur noch Frauen mit freien Brüsten gezeigt haben, wozu Lieder gesungen wurden, deren Text allein aus Ziffern bestand.

Ich probiere zu schlafen. Wind tobt draußen und pocht gegen die Fensterscheibe. Ich höre, wie Jugendliche durch die Straße laufen und glaube, dass sie 16 sind. 16 Jahre alt. Insgesamt sind sie wahrscheinlich nur einer. Und dass er 16 ist, merke ich daran, dass er sich so benimmt, wie sich Jugendliche mit 16 eben benehmen, wenn sie gerade 16 sind. Er malt dicke Bubble-Buchstaben an das Haus auf der gegenüberliegenden Straßenseite. Es sind bestimmt drei. Drei Buchstaben. Einen ganzen Satz kriegen die ja heutzutage nicht mehr hin.

Neulich hat mir einer von denen was auf meinen Briefkasten geschrieben. Mit gelbem Edding. Ich hab's nicht lesen können, wegen der schnörkeligen Schrift. Ich hab ihn aber dabei ertappt.

Ich hab ihn gefragt, was er denn da draufgekliert hat.

Und er hat verschreckt, verschüchtert gesagt: »Bitte keine Werbung einwerfen, Alter.«

Ich hab ihm gesagt, dass das ja die reinste Schmiererei, die größte Sauklaue überhaupt und der widerlichste Dreck an sich sei. Ob er das abmachen und noch mal ordentlich hinschreiben könne.

Und er hat gesagt, das sei cool so, Alter.

Ich hab ihn gefragt, ob er wüsste, was man mit einem Hund macht, der auf'n Teppich geschissen hat.

Und er hat gesagt: »Nase rin, Alter.«

Danach hab ich ihn am Kragen gepackt und mit seinem Kopf den Briefkasten geschrubbt. Ich hab solange geschrubbt, bis seine Haare alle waren. Danach hab ich mit seiner Glatze weitergeschrubbt.

Und als die Glatze alle war und als sein Kopf alle war und als der ganze Typ alle war, war der Edding immer noch da.

Das war eben gerade natürlich alles nur erlogen und erstunken. Aber genauso hätte ich es bestimmt gemacht, wenn ich den Arsch erwischt hätte, der mir diese gelben Schnörkel auf den Briefkasten gemacht hat. Gelbe Schnörkel, die keiner lesen kann, die zu nichts gut sind.

Einen Tag später hab ich einen Briefträger erwischt, der mir Werbung in den Briefkasten geschmissen hat. Da hab ich zu ihm gesagt: »Sag mal, kannst du nicht lesen, oder was?«

Und er hat gesagt: »Hä?«

»Na hier das Gelbe. Bit-te kei-ne Wer-bung ein-wer-fen, Alter.« Dabei hab ich zu jedem Wort mit dem Finger auf irgendwelche Schnörkel gedeutet.

Und der Briefträger hat gesagt: »Ach so, das wusste ich nicht.«

Und ich hab ihn gefragt, ob er wüsste, was man mit einem Kerl macht, der einem mit Edding mit grausamer Sauklaue in Gelb »Bitte keine Werbung einwerfen, Alter« auf den Briefkasten geschrieben hat.

»Na solange schrubben, bis der Typ alle ist«, hat der Briefträger geantwortet.

»Richtig!«, hab ich gesagt.

Und ich hab den Briefkasten aufgeschlossen, den Kopf vom Briefträger reingestopft und ihn die ganze Werbung, die er reingeschmissen hat, auffressen lassen und sämtliche Mahnbescheide gleich mit.

Stimmt natürlich auch alles nicht. In Wirklichkeit hab ich zum Briefträger gar nichts gesagt. Ich hab nur vor seinen Augen den Briefkasten aufgemacht und die Werbung, die er gerade reingeschmissen hat, demonstrativ in den Müll geworfen.

»Wenn de willst, kannste se essen«, hab ich noch zu ihm gesagt, während ich die aussortierten Mahnbescheide in die Tasche steckte.

So war's wirklich.

Der Mond wirft immer noch silberne Lichtscheiben in mein Zimmer.

Der 16jährige, der gerade dabei ist, das Haus gegenüber zu bemalen, ist glaub ich erschossen worden. Zumindest hat es draußen laut geknallt. Vielleicht wollte er ja das erste Mal in seinem Leben einen ganzen zusammenhängen Satz schreiben. Und nun, wo es so früh schon zu Ende ist, sind es wieder nur drei Buchstaben geworden.

Ich weiß es nicht.

Lt Surf empfiehlt zu diesem Text: *Jefferson Airplane – Pretty As You Feel. Album »Bark«*, 1971

Der Text, der eigentlich anders heißen sollte – *Ahne*

Der folgende Text sollte eigentlich anders heißen, aber das erschien mir nicht gesellschaftskritisch genug. Worum es geht? Nun ja, ehrlich gesagt, weiß ich das noch gar nicht. Ich schreibe ihn ja gerade erst. Ich glaube, es wird ein ernster Text oder ein lustiger. Ich-Perspektive? Ach, versuchen wir es doch einfach mal aus der Er-Perspektive. Ja, genau, die Er-Perspektive, da kann man sich schön verstecken, hinter dem Er. Ist ja ein ganz anderer als ich, der Er. Der macht auch ganz fiese Sachen. Zum Beispiel alte Frauen, die ihm gar nichts getan haben, totschießen. Ich mach mal los.

›Er hieß Peter. Er schoss einfach so, weil er nicht wusste, was er machen sollte, zwei alte Frauen tot, vor der Kaufhalle.‹

Ja, das ist ein guter Beginn. Voll spannend. Und mit so einem Negativhelden. Darauf stehen doch besonders Frauen. Voll böse. Aber halt, eine Sie, die brauchen wir natürlich auch noch. Eine Sie, aus der Sie-Perspektive vielleicht? Genau. Eine Sie, die total gut ist, aber sich trotzdem in den Bösen verliebt, nich aus Doofheit, nein, der Liebe wegen. Wo sie hinfällt, dis kennen wir ja, da wächst kein Kraut mehr. Doch, doch, das kennen wir! Natürlich kennen wir das!!!

›Sie war jung und schön. Bildhübsch ungefähr. Sie wollte in der Kaufhalle was für ihre kranke Oma kaufen, eine Flasche Wein. Da sah sie plötzlich, wie Peter, lediglich aus Langeweile, zwei alte Frauen erschoss, die ihm gar nichts getan hatten, vor der Kaufhalle. Sie war sofort verliebt.‹

Hmm. Wie heißt die eigentlich, die Hübsche? Petra? Nee, dis wär zu einfach. Peter und Petra, da denkt ja jeder gleich, die sind füreinander geschaffen. Wie Bonnie und Clyde oder Pat und Patachon. Nee. So einfach woll'n wir dis ja wiederum auch nich machen. Sabine. Sabine oder Maria. Klingt beides gut. Maria oder

Sabine, Sabine oder Maria. Lieber Sabine! Oder doch Maria? Na gut, würfeln. So, Maria hat eine vier, Sabine eine zwei. War aber Kippe. Sabine eine drei. Noch ma Kippe. Ah, eine fünf.

›Sabine und Peter küssten sich leidenschaftlich vor der Kaufhalle. Es hatte sofort gefunkt zwischen den Turteltäubchen. In seiner Hand rauchte noch der Revolver. Peter dachte sich: ›Was für ein Glück, dass ich einfach so die beiden alten Frauen erschossen habe, wer weiß, vielleicht hätt ich sonst die hier, (er weiß noch nicht, dass sie Sabine heißt) nie kennengelernt.‹ »Sag ma Schnecke (Peter ist ein schlimmer Macho, aber viele Frauen mögen das), wie heißt du eigentlich?« Sabine hat völlig den Wein für ihre Oma vergessen.‹

Ich füge jetzt in die Geschichte mal einfach eine zweite Ebene ein. Die zweite Ebene spielt zur gleichen Zeit wie die erste Ebene aber an einem anderen Ort. Der andere Ort, das ist der Ort, wo die Oma von Sabine wohnt. Es ist eine fiktive Stadt, wo auch jegliche Ähnlichkeiten vollkommen ausgeschlossen werden, von mir. Hier herrscht ein böser König. Eine Art Hitler. Der kann aber auch noch zaubern. Er hat die Oma verzaubert. Die Oma kann nur gerettet werden, wenn sie aus der Kaufhalle eine Flasche Wein kriegt. Also.

›Oma liegt im Bett. Oma kann nicht mehr. Oma stirbt.‹

Damit können wir diese Ebene auch schon wieder verlassen. Alle Wetter! Schon drei Tote. Jetzt darf aber wirklich keiner mehr dazukommen. Ich habe mir nämlich gerade vorgenommen, in dieser Geschichte nicht mehr als drei Personen sterben zu lassen. Damit der Leser nicht abstumpft, vor allem der kindliche Leser. Da muss Sabine jetzt aber höllisch aufpassen, wirklich gute Arbeit muss sie leisten, um den Peter von weiteren Morden abzuhalten, denn Peter mordet für sein Leben gern. Wenn man seine eigene Kriminalität von der Gesamtkriminalität abziehen würde, dann befände sich die Gesamtkriminalität im Minusbereich, so ein Bösewicht ist der Peter.

»Peter«, sagte Sabine, »ich heiße Sabine.«

Keine Ahnung, woher Sabine weiß, dass Peter Peter heißt, dis weiß ich jetzt echt nich.

»Und ich heiße Peter, Sabine.« »Ja, ich weiß, ich habe ein Buch von dir gelesen.«

Häh?!

»Ach, sieh an, meinst du das erste von mir oder das zweite? Das zweite ist dicker.« »Ist auf dem zweiten so'n kleines Hochhaus drauf?« »Nein, das ist das erste.« »Hast du eigentlich sturmfreie Bude, Peter?« »Ja, und ich will ein Kind von dir.« »Du meinst, du willst mir ein Kind machen?« »Genau.« »Gut, dann darfst du aber, das musst du mir versprechen, keinen mehr umbringen.« »Okay.« »Oh, da fällt mir ein, ich hab ganz den Wein für meine Oma vergessen.« »Meinst du die Oma aus der fiktiven Stadt?« »Woher weißt du …?« »Die is tot.« »Was?!« »Ja, aber du darfst dich jetzt nicht aufregen, wir sind zusammen, du bist schwanger, nur das zählt. Deine Oma, sie hatte ein schönes, ein erfülltes Leben. Als sie starb, hat sie gelächelt, weil sie wusste, du bist in guten Händen. Übrigens, ich habe zwar geschworen, dass ich nie wieder einen Menschen umbringen werde, doch einmal noch mache ich da eine Ausnahme, und zwar jetzt. Ich niete den bösen König um. Sofort.« »Peter, du weißt, dass in dieser Geschichte nur drei Personen umkommen dürfen.« »Ja, aber so ist nun mal das Leben. Man kann nicht alles vorausahnen.«

Scheiße! Peter will mir die Geschichte aus der Hand reißen. Das kann ich nicht zulassen. Ich werde das zu verhindern wissen. Wer is denn hier der Autor, schließlich? Ich werde jetzt einfach mal …

»Nichts wirst du, du Hund!« »Genau, nichts wirst du!«

Was?!

»Du Lump!« »Genau, du Lump!« »Der König wird sterben und du auch!« »Jawoll, denen verpassen wir eine, die haben's beide verdient!«

So, an dieser Stelle blende ich die Geschichte mal, unter Protest zwar, aber dennoch behutsam, aus. Er-Perspektive her oder hin, nö, wenn ich da gar nicht mehr selber bestimmen darf, wo's langgeht, irgendwann is ja wohl mal Schluss, außerdem, mit Terrorismus, da will ich einfach nichts zu tun haben. Terrorismus, der macht dis doch alles nur noch schlimmer. Viel, viel schlimmer.

Lt Surf empfiehlt zu diesem Text: *The Animated Egg – Inside Looking Out*. Eine legendäre Europa-LP, »ein Schock für die einen, ein tiefes Erlebnis für die andern.«

Zehn gute Gründe, sich vorzeitig zu verabschieden: 7. Träume – *Robert Weber*

Träume zum Beispiel, diese halbseidenen Halbweltlinge mit ihren pornografischen Zoten, diese Schuldanerkenntnisse einer lasterhaften Disposition, diese heimtückisch im Schlaf aufgestoßenen Tore zur Kindheit, dieser Einbau von Wecktönen und Ausbau von Vortagserlebnissen, diese infantilen Vorstellungen vom Daedalusflug, diese haltlosen Stürze in ein Loch ohne Boden, dieses ruckartige Aufwachen im Schweißbad oder komatöse Dahindämmern in Glückseligkeit, dieses ewige Wiederkehren ein und desselben, dieses sich Entziehen von Erinnernkönnen, dieses symbolhaft verkappte Verdeutungsding, dieses metaphysische Gesockse, das als tiefenpsychologischer Nonsens durch den Schlaf stolziert, diese freudianischen Possenreißer auf den verwahrlosten Umschlagplätzen der Seele, diese nächtlichen Schaumschläger mit ihren abgekarteten Gaukeleien, dass man vor denen nicht mal Nachts seine Ruhe hat, all das (ist ein Grund, um vorzeitig abzutreten).

Lt Surf empfiehlt zu diesem Text: *Die Puhdys – Hören und Sehen. Album »Hallo Nr. 10«*, Amiga 1973
»...Öffne mehr als nur die Augen, dann wirst du zum Sehen taugen.«

Die Kneifzange – *Sarah*

Plötzlich steht die Frau vom Stuhl auf, schmeißt die Arme über dem Kopf zusammen und springt in die Grätsche. Während sie immer wieder den Hampelmann wiederholt, verwandelt sie sich in eine lebensgroße Kneifzange. Auf- und zuschnappend stürzt sie sich auf den Personalchef, packt seinen Kopf mit ihren mächtigen Eisenkiefern und wirbelt ihn kreuz und quer durch das Bürozimmer. Mit einem lauten Krachen fällt sie endlich zu Boden.

Lt Surf empfiehlt zu diesem Text: *Trubadurzy – Dziewczyna I Pejzaz (Das Mädchen und die Landschaft). Album »Krajobrazy«,* Pronit, VR Polen, 1968

Hast Du Lust mich kennenzulernen? – *Spider*

Hallo Du! Hast Du Lust mich, kennenzulernen? Ist es denn überhaupt in Ordnung, wenn ich Dich duze? Sicher ist das in Ordnung, denn wenn wir uns erst einmal zusammengerauft haben werden, dann nennen wir uns sowieso Du, damit ist es also ein Vorgeschmack auf unsere Zweisamkeit, wenn ich Dich duze, eine Verheißung auf etwas, nach dem wir beide uns sehnen. Wenn Du Dich also über dieses Du freust, dann bist Du möglicherweise die Richtige. Ach, wäre das schön, wenn Du die Richtige wärst. Falsche habe ich schon zur Genüge umworben, in den Jahrzehnten meines vergangenen Lebens. Aber ich bin keineswegs bitter geworden und habe mein Bemühen um die Frauenwelt keineswegs eingestellt. Wenn ich hier einige Begebenheiten aus der Aneinanderreihung von Fehlschlägen, Peinlichkeiten und Misserfolgen, die mein bisheriges Leben darstellt, erzähle, so tue ich das, um Dir zu zeigen, welches Glück Du mir bedeutest, angesichts der trostlosen Vergangenheit meines vergeblichen Werbens, welches Glück, wir müssen uns bloß erst kennenlernen. Du kennst mich nicht, aber damit Du mich dereinst kennst, will ich schon mal ein bisschen von mir berichten.

Ich bin seit jeher fasziniert von Frauen, von Mädchen. Dummerweise bin ich keiner, der bei Frauen gut ankommt, keiner, dem Mädchen im Prunkgebäude ihres Herzens auch nur eine Besenkammer einzuräumen sich entschließen zu können in der Lage sehen. Frauen machten mein ganzes Leben lang einen Bogen um mich. Würde man von einem Satelliten aus die Bewegungsspuren aller Frauen auf diesem Kontinent aufzeichnen, sähe man, dass sie, die sich sonst ungeordnet und durcheinander bewegen, sich in Spiralbahnen von mir entfernen, nach dem sie mir einmal begegnet sind.

Ich dachte lange Zeit, ich sei zu hässlich, zu dumm oder zu unsensibel, als dass eine Frau mich in ihrer Nähe dulden könne.

Aber wäre ich tatsächlich hässlich, dumm oder unsensibel, dann hätte ich längst eine Freundin. Ich habe mich immer gefragt, wieso die schönsten und sympathischsten Frauen die unmöglichsten Kerle haben. Kennst Du dieses Phänomen? Bestimmt kennst Du dies, jedem ist es schon einmal aufgefallen, selbst besonders unsensiblen oder dummen Personen. Gerade neulich saß ich mit einer sehr klugen und lieblichen Vertreterin des weiblichen Geschlechts in einer Lesung und hörte einem – offensichtlich geistig verwirrten und drogenabhängigen – Schriftsteller zu, und als wir eine Schönheit in der ersten Reihe als dessen Lebensgefährtin identifizierten, sagte meine Begleiterin diesen Satz: Komisch, dass immer die unglaublichsten Frauen die verkrachtesten Typen haben. Aber denke Dir nicht, dass dieser an sich richtige Satz von einer gesagt wurde, die sodann für mich zu interessieren sich anschickte. Oh nein, sie wünschte mir im Anschluss an die Lesung eine gute Nacht, und stürzte sich in die Suche nach einem Idioten, auf das bald andere über sie denken könnten, was sie so eben über die Freundin des Literaten gesagt.

Aber ich schweife ab. Ist das überhaupt schlimm, wenn ich jetzt abschweife? Sind ein paar Zeilen mehr oder weniger jetzt noch eine Schranke zwischen uns? Werden wir dereinst nicht so viel miteinander zu bereden finden, dass ein bisschen mehr im Jetzt überhaupt nicht zu einem zu wenig im Dann führen mag? Ich denke, so ist es, und wenn Du die Richtige bist, denkst du zweifellos ebenso. Also was soll's, ich schreibe einfach noch ein bisschen von mir.

Die erste große Enttäuschung in meinem Leben war meine Mutter. Aber so tief, wie das in der Vergangenheit begraben liegt, will ich jetzt davon schweigen. So viel bloß: Sie bevorzugte stets meinen Bruder. Aber das ist lange her, und ich denke nur noch selten an sie. Es gibt auch keinen Gegenstand in meinem Leben, der mich an sie erinnert, da ich von ihr ausdrücklich aus dem Testament gestrichen wurde.

Sandra im Kindergarten wollte um jeden Preis statt meiner lieber Mandy heiraten. So ging es weiter. In der Schule zog ich bei Kerstin den Kürzeren gegen Mike. Wen ich auch kennen lernte, es war wie verhext. Um welche ich auch buhlte, sie entschied sich gegen mich. Diana Spencer heiratete 1981 einen englischen Herzog. Petra aus der Buchhaltung nahm '87 Henry aus der Auslieferung zum Mann. Claudia Schiffer verlobte sich 1994 mit einem Zauberkünstler aus Amerika. Pamela Anderson heiratete ein Jahr später – natürlich nicht mich …

Oh weh, ein Blick auf die Uhr verrät mir, dass der Einsendeschluss dräut. Schon jetzt ist dieser Text viel länger – und mir bleibt bloß zu hoffen, dass nicht irgendein ungewaschener Redakteur darin herumkürzen wird –, viel länger als normale Kontaktanzeigen. Also: Hast Du Lust, mich kennenzulernen? Ich freue mich übrigens auch über begründete Ablehnungen.

Lt Surf empfiehlt zu diesem Text: *The Phantom Surfers – Death Of A Rookie. Album »The Exciting Sounds Of Model Road Racing«,* Lookout Records, 1994

Zugeparkt – *Tube*

Sonntag früh um elf Uhr klingelte das Telefon. Ich war schon lange wach, weil der vierjährige Edgar auch schon lange wach war und um sieben Uhr zu mir in mein Zimmer gekommen war und meinte: »Ich bin wach. Du kannst aufstehen.« Daraufhin hatte es eine wenig fruchtbare Diskussion zwischen mir und ihm gegeben:

»Weil du wach bist, bin ich noch lange nicht wach«, sagte ich.

»Doch. Du bist wach. Du sprichst ja mit mir.«

»Nein, tue ich nicht. Ich schlafe noch und kann deshalb auch nicht aufstehen. Geh doch noch mal in dein Zimmer und bau ein Flugzeug aus Legosteinen.«

Das hatte mir noch mal zehn Minuten Ruhe verschafft. Wie ein Wecker, bei dem man die Schlummertaste drückt, der zehn Minuten später wieder anspringt, kam Edgar zehn Minuten später wieder herein.

»Guck mal Papa, was ich für ein Flugzeug gebaut habe!«

»Ich kann nicht gucken. Ich bin noch nicht wach.«

»Doch. Du bist wach. Du sprichst ja mit mir. Guck mal das Flugzeug!«

»Ich kann nicht gucken, ich schlafe! Ich hab die Augen zu! Aua! Nicht in meine Augen fassen. Nicht meine Lider aufbiegen. Oh. Ein schönes Flugzeug. Das hast du aber toll gemacht. Wenn du jetzt noch einmal in dein Zimmer gehst und Flügel anbaust, dann kann das Flugzeug vielleicht sogar fliegen.«

Noch einmal hatte ich zehn Minuten Schlummerzeit.

»Guck mal Papa. Jetzt mit Flügeln.«

»Sehr schön. Und nun bau es noch mal auseinander und wieder zusammen.«

»Nö.«

»Dann bau ein Auto.«

»Nö.«

»Warst du schon auf Toilette?«

»Nö.«

»Dann geh doch mal auf Toilette.«

Noch einmal zehn Minuten Ruhe, dachte ich, aber es sollten nur fünf werden.

»Papa. Ich hab Kacka gemacht. Abwischen.«

Das bedeutete Aufstehen um fünf vor halb acht. Deswegen war ich um elf, als das Telefon klingelte, schon lange wach, und meine Freundin, die dran war, sagte: »Stell dir vor. Die Schweine haben mich zugeparkt.«

Ich versuchte es. Ich stellte mir eine Gruppe grunzender, ringelschwänziger rosa Schweine vor, die meine Freundin zuparken und scheiterte an meiner Fantasie.

»Du, ich kann mir nicht vorstellen, wie Schweine dich zuparken«, sagte ich.

»Mensch. Mein Auto in der Gipsstraße. Vor mir ein Volvo. Ein Zentimeter Platz. Und hinten ein BMW. Vier Zentimeter Platz. Wie soll ich denn da rauskommen?«

»Hmm. Macht zusammen fünf Zentimeter. Reicht das nicht?«

»Nee. Wenn ich da irgendwo anstoße und das sieht irgend so ein Spießer, der grad aus dem Fenster guckt, dann ruft der die Polizei und ich bin dran wegen was weiß ich.«

»Na, dann ruf du doch die Polizei und lass eins von den Autos abschleppen.«

»Guter Tipp! Das mach ich!«

»Super!«, sagte ich. »Wir kommen gucken. Edgar! Sandalen anziehen! Wir gehen raus und gucken uns an, wie ein Auto abgeschleppt wird. Und bis der Abschlepper kommt, kannst du auf dem Spielplatz in der Gipsstraße die Rutsche runter- und raufrutschen. Was für ein tolles Programm!«

Wenig später spielte Edgar auf dem Spielplatz, und eine Stunde später fragte er: »Wann kommt denn endlich der Abschlepper?« Und alle anderen Kinder auf dem Spielplatz, die auch davon erfahren hatten, fragten: »Wann kommt denn der Abschlepper?«

Nach zwei Stunden rief meine Freundin noch mal die Polizei an: »Wenn kommt denn endlich der Abschlepper?«

»Ach, das haben wir ganz vergessen. Wir schicken gleich ein Auto los.«

Kurz darauf kam ein Streifenwagen mit einer Polizistin und die sagte: »Vorne ein Zentimeter, hinten vier Zentimeter, macht zusammen fünf. Da kommen Sie doch so raus. Mit ein bisschen Anstoßen. Ich übernehme die Verantwortung.« Und fünf Minuten später war das Auto mit ein bisschen Anstoßen und Winken und Dirigieren ausgeparkt.

»Aber den BWM«, sagte die Polizistin, »können Sie trotzdem abschleppen lassen. Der steht ja eigentlich vor einer Einfahrt.«

»Ach nein, so gemein will ich nun auch nicht sein«, sagte meine Freundin.

»Ach doch! Lassen Sie den mal abschleppen«, sagte ich. »Wegen der Kinder, damit die noch was zu sehen kriegen.«

Lt Surf empfiehlt zu diesem Text: *The Royaltones – Clip Clop. Album »Flamingo Express«*, Aei, 1999

Zehn gute Gründe, sich vorzeitig zu verabschieden: 8. Essen – *Robert Weber*

Essen zum Beispiel, dieses In-sich-Hineinschaufeln von Nahrung, von Lebensmitteln, die weiß Gott unter welchen entsetzlichen Umständen herangewachsen sind, abgeschlachtet oder abgeschnitten, gevierteilt und zerhackt wurden, vermengt wurden mit unaussprechlichen Substanzen, mit Kleinstlebewesen versetztem Zeugs, verpackt, oft mehrmals, die Zumutung das auch noch kaufen zu müssen in einem dieser Kolonialwaren-Läden, diesen Lidls und Pennys, diesen Kaisers und Extras und Aldis und Nettos, in denen sich einem klaustrophobisch das Gehirn umdreht, in denen einem jedes Mal bis nah zur Ohnmacht hin schlecht wird, nur um ein Lebensmittel zu bekommen, das nicht schmeckt, weil allein schon die Verpackung einen ekelerregenden Anstoß darstellt, dieses Aufreißen und Draufschmeißen auf eine Scheibe Brot, das an sich schon eine Zumutung ist, dieses Braten und Kochen von verwesendem Fleisch oder pestizidem Gemüse, dieses Abbeißen, dieses Zermahlen und Schlucken, dieses oft geräuschintensive Verdauen undefinierbaren Inhaltes, dieses furzende Ausscheiden desselben, dieser evolutionär erzwungene Stoffwechsel, ohne den man angeblich tot umfällt, diese Zwangsernährung, damit einem das Fahrgestell nicht zusammenbricht, dieses Tagaus-tagein, all das (ist ein Grund, um vorzeitig abzutreten).

Lt Surf empfiehlt zu diesem Text: *Jethro Tull – Fat Man. Album »Stand Up«*, 1969

Wie ich mal den Faden der ironischen Distanz zerschnitt – *Ahne*

Am Sonntag eine Flasche Sekt gewonnen, bei einem Schlammpoesiewettbewerb in der Heldenstadt Leipzig. Die tanzte danach durch die Zuschauerreihen, die Flasche. Ich hab noch keine Herpes, obwohl die Frau das in Aussicht stellte, wenn ich ihr kein Glas besorgen würde. Sie war jung und wunderschön und wir trieben es wild. Redeten ohne Unterlass. Mindestens fünf Minuten lang. Sie kam aus Mannheim und studierte Modelleisenbahn an der H-Null Leipzig. Sie fand es aufregend im Osten und sexy. Ich war bereits ziemlich müde und die Verhältnisse waren ja auch nicht gerade entsprechend. Die Kapitalisten trieben sich an der Macht herum. Die Medien kippten kübelweise Müll über unsere Köpfe und außerdem war ich verantwortlich für zwei Meerschweinchen. Wir haben ja zwei Meerschweinchen bekommen. Das heißt, mein Sohn hat zwei Meerschweinchen bekommen, das heißt eigentlich nur eins. Das andere haben wir dazu noch genommen, weil das eine sonst so allein gewesen wäre. Er hatte ja Geburtstag gehabt. Einen der üblichen Kindergeburtstage. Wie die heute eben drauf sind. Gewalt und Drogen und Russischer Zupfkuchen. Den hatte ich eigenhändig gebacken, nach einem Rezept meines Doktors. So 'ne Packung, zehn Stück Butter und ein Ei. Durchrühren. In den Ofen. Fertig. Hat den Kindern ganz toll gemundet. Haben die sich gefreut, dass sie auch mal so was Gutes kriegten. Mal was anderes als Salat. Lebten ja sonst nur von Salat, die meisten. Kein Wunder bei Hartz IV. Miete, Strom, Kabelfernsehen, da passt bloß noch Salat in die Tüte, die finanzielle. Hausschuhe werden ja auch immer teurer. Was sollen die Eltern denn machen? Ich kenn das ja. Auch wir kriegen Hartz IV. Hab mir in der Küche bereits einen Sandsack aufgehängt, wegen der Wut. Den hau ich oft, den Sack. Der baumelt direkt über dem Käfig. Dem Käfig, mit den beiden Meerschweinchen drin, von denen eines übrigens Pauli heißt, das andere Mauzi. Die Namen haben ihnen die Kinder gegeben. Konnten sich gegen meine Vorschläge durchsetzen. Wäre es nämlich nach mir gegangen, so hätte das Männchen Antiimperialismus geheißen, während ich das Weibchen Hitler genannt hätte. Ich wäre auf die Kinder gespannt gewesen, hätte der Antiimperialismus die Hitler gefickt. So werden es wahrscheinlich nur ganz normale Meerschweinchenbabys, die aus den Eiern schlüpfen. Gewöhnliche Meerschweinchenbabys, die wie verrückt quieken und die wir nach einer Karenzzeit von schätzungsweise drei Wochen dem Weddinger Großmeister Heiko Werning überlassen, für den seine Schlange. Dürfen die Kinder natürlich nichts von wissen. Also, die Meerschweinchenkinder sowieso nicht, aber da besteht zum Glück auch keine Gefahr. Die sind nämlich doof. Die haben einen IQ von, na, ich würde fast behaupten, na, zumindest haben die einen sehr geringen IQ. 1,1 oder höchstens 1,2 aber zusammen versteht sich. Unsere Kinder dagegen sind den Schweinen turmhoch überlegen. Die eine, die macht jetzt schon Abitur, in der 6. Klasse! Die kann die Relativitätstheorie auf Russisch singen. Und der andere, der macht Faxen und er ist cool. Da bin ich mal gespannt, wer von beiden sich in dieser Gesellschaft besser durchsetzen kann. Ich werde das interessiert beobachten. Von einem bequemen Platz aus, in sicherer Entfernung zum Geschehen. Ab und zu was dazwischenbrüllen, ironisch distanziert, dis is klar.

Oder eben auch nicht. In Leipzig zum Beispiel, da hat sich eine von der Bühne herab mokiert, über Männer, denen Basilikumblätter zwischen den Zähnen hängen blieben, Männer mit Mundgeruch, Männer in deren Wohnungen furchtbare Teppichläufer herumlägen. Sie forderte andere Menschen auf, diesen Männern doch mal gehörig die Meinung zu sagen, dass dis so nich ginge, dass dis total abtörnend sei. Sie bezeichnete ihren Text als Sex-in-the-city-mäßig. Und dann auch noch für Arme. Da musste ich den Faden der ironischen Distanz für den Moment zerschneiden.

Sie ist dann gegangen. Ich bin gegangen. Leipzig war dunkel. Ich schlief in einer Wohnung mit 16 Betten, alleine. So sexy ist der Osten nun auch wieder nicht.

Lt Surf empfiehlt zu diesem Text: *The Heatscores – Vengeance On Wheels*. Kamikaze Records 2000

Marsmission – *Spider*

Liebe Zuschauerinnen und Zuschauer an den Geräten, liebe Kinder, in wenigen Minuten wird sich ein alter Menschheitstraum erfüllen, die ersten Menschen werden den Boden des Mars, unseres roten Nachbarplaneten, betreten. Bei uns, beim Woltersdorf Channel können Sie diesem epochalen Ereignis beiwohnen. Wir übertragen planmäßig bis 5.45 Uhr morgen früh, live für Sie aus dem gemeinsamen Sendezentrum von NASA, ESA und dem Chinesischen Weltraumfahrtsministerium in Zepernick bei Bernau. Die sonst um diese Zeit ausgestrahlten Sendungen »Erotic Erobic« und »Die Rote Couch – Peter Pimmel plaudert mit Pornosternchen« sowie der »Woltersdorf Channel – Tele Shop« entfallen leider. Wir bitten um Ihr Verständnis.

Noch sind es einige Minuten bis zur Landung der vier Weltraumfahrerinnen und Weltraumfahrer, es handelt sich ja um zwei junge Frauen und zwei Männer, viele von Ihnen erinnern sich bestimmt noch, alle vier kommen aus Deutschland, und die vier warten sicherlich schon sehnsüchtig auf die Landung, schließlich sind sie seit über einem halben Jahr unterwegs. Leider ist es dem gemeinsamen Sendezentrum von NASA, ESA und dem Chinesischen Weltraumfahrtsministerium nicht gelungen, einen Satellitenkanal freischalten zu lassen, so dass es im Moment noch keine Funkverbindung zum Raumschiff gibt. Ich hoffe, Sie haben Verständnis dafür, angesichts der laufenden sportlichen Großereignisse sind freie Übertragungskanäle eben einfach nicht zu bezahlen, auch nicht für das gemeinsame Sendezentrum in Zepernick bei Bernau.

Ja, die Zeiten sind nun einmal endgültig vorbei, als Weltraumflüge noch über Ländergrenzen hinweg das Fernsehprogramm dominieren konnten, und es war sicherlich auch eine etwas unglückliche Entscheidung, die Landung auf dem Mars parallel zur Fußballweltmeisterschaft zu legen. Die Übertragungsrechte für die WM hat natürlich keiner der großen Sender erworben, um diese jetzt nicht auch noch wahrnehmen zu müssen. Aber so kommen wir, meine Damen und Herren, mal zu der Ehre, Ihnen so etwas zu zeigen, wir vom »Woltersdorf Channel« und von anderen Regionalsendern. So ist ja auch Zepernick bei Bernau zum Standort des gemeinsamen Sendezentrums geworden. Nachdem alle etablierten Medienstandorte quasi ausgebucht waren wegen Fußball, entschied man sich für Zepernick, wo eine ehemalige Containersiedlung für Asylbewerber preiswert genutzt werden konnte. Natürlich gab es einige Anlaufschwierigkeiten, zum Beispiel verübten junge Menschen aus der Umgebung Brandanschläge, weil sie annahmen, die Containersiedlung würde wieder von Asylbewerbern genutzt, und es waren und sind ja auch viele Ausländer hier unterwegs, von der NASA, der ESA und viele Chinesen. Aber auch diese Probleme wurden gelöst, nicht zuletzt durch den ersten Einsatz von Hisbollahmilizen mit UN-Mandat in Deutschland. Eine Premiere nach der anderen also. Das passt doch hervorragend zur ersten bemannten Marsmission.

Wie gesagt, meine Damen und Herren, immer noch keine Verbindung zum Raumschiff, zur »Beate Uhse« wie sie nach einem Hauptsponsor der Mission benannt wurde, noch immer keine Sprechverbindung, aber wir zeigen Ihnen so lange einige Impressionen aus Zepernick. Fast alle Zepernicker sind heute auf den Beinen, zum Beispiel hier vor dem Reifencenter Kaczmarek, wo eine Großbildleinwand aufgebaut wurde, sehen sie sich natürlich die Live-Übertragung der Fußballweltmeisterschaftsachtelfinalspiels an. Da sehen wir auch den Bürgermeister beim Verzehr eines Kesselgulaschs. Niemand, so scheint es, interessiert sich in diesem Moment für die Marsmission, aber stimmt natürlich nicht, wir haben hier eine Sprecherin der Gemeinde Zepernick zu Gast im Gemeinsamen Sendezentrum, Frau …

»Damaschke, ick heiße Mandy Damaschke. Ick bin hier aber bloß die Praktikantin.«

Wunderbar Mandy, darf ich Mandy sagen?

»Ja, det is in Ordnung.«

Wunderbar Mandy, wir sind gespannt auf ihre Botschaft, sozusagen, von Zepernick an den Mars.

»Ick grüße alle, die mich kennen. Und ick drücke unsere Mannschaft bei die WM alle Daumen.«

Sie haben es ja eben gesagt, Mandy, Sie sind Praktikantin. Warum?

»Na ick war mir noch nich sicher, wat ick mal machen will, und da kam mir die Ausschreibung der Praktikantenstelle sehr jelegen.«

Sie wissen ja vielleicht, dass es sich bei den vier Weltraumreisenden, die in wenigen Minuten den Mars betreten werden, ebenfalls um Praktikanten handelt?

»Ach echt? Is ja cool!«

Ja, ohne den Einsatz von unbezahlten Praktikanten wäre ein Flug zum Mars wohl nicht bezahlbar gewesen. Außerdem hätte der Flug beim Einsatz richtiger Astronauten erst viel später stattfinden können, aber diese vier Praktikanten konnten sofort starten, schließlich sparte man sich ja bei ihnen eine langwierige Ausbildung.

Leider gibt es immer noch keine Funkverbindung zur »Beate Uhse«, liebe Zuschauerinnen und Zuschauer, da das Achtelfinalspiel in die Verlängerung geht. Aber ich habe die Zusage, das am späteren Abend, wenn hier auf der Erde alles vorbei ist, ein Satellitenkanal freigeschaltet wird, so dass die Marsflieger ihren Verpflichtungen nachkommen können werden, die Werbebotschaften der privaten Sponsoren dieser Weltraummission zu verlesen. Aber wie gesagt, damit ist nicht vor null Uhr zu rechnen. Mandy, wenn es jetzt schon eine Leitung zu den vieren da oben geben würde, was würdest du die fragen?

»Mich würde interessieren, ob es Leben auf dem Mars gibt.«

Tja, das hoffen wir alle, dass es dort Leben gibt, denn von irgendwas müssen sich die vier ja auch ernähren, in den anderthalb Jahren, die sie dort oben verbringen sollen.

Ich erfahre gerade von der Regie, dass wir, weil wir keine Verbindung zum Raumschiff haben, jetzt statt Bildern von der Landung, es tut mir sehr leid, liebe Zuschauer, liebe Kinder, ihnen jetzt Bilder vom Bau der »Beate Uhse« in Brand, in der ehemaligen »Tropical Islands«-Halle, zeigen. Manfred Stolpe hat damals ja die Raumfahrtindustrie nach Brandenburg geholt, er hat sich überhaupt sehr um das ganze Marsflug-Projekt verdient gemacht, nicht zuletzt ihm ist es zu verdanken, dass der Raketenstart überhaupt durchgeführt werden konnte. Es gelang, die Nutzlast unter eine kritische Grenze zu drücken, indem man bloß Proviant für den Hinweg mitnahm. Das ist auf Stolpes Initiative zurückzuführen. Deshalb sind die vier Marspraktikanten jetzt ja auch auf außerirdisches Leben angewiesen.

Aber da sind schon die Archivaufnahmen vom Bau der Rakete und vom Start. Genießen sie diese Bilder einfach zur Musik von Vangelis, meine Damen und Herren. Ich melde mich danach wieder.

Lt Surf empfiehlt zu diesem Text: *Leo Addea – Hawaiian War Chant (Noble/ Leleiohaku)*, RCA, 1973

Zehn gute Gründe, sich vorzeitig zu verabschieden: 9. Sprache – *Robert Weber*

Sprache zum Beispiel, dieses aufgezwungene Regelwerk der Verständigung, dieses schallende Schlachtfeld der Missverständnisse, diese großprahlerische Quakelsuse, dieses schwadronierende Wörtergespinst, dieser rabulistische Zungenverrenker, dieser reformgebeutelte Splitterrichter, dieser sophistische Silbenstecher, diese krakeelende Klappersuade, dieser als Krakelei daherkommende, knatternde, knisternde Kritikaster, dieses tönende Trümmerfeld der Interpunktionen, diese von Konjugationen gebeugte Quasselstrippe, diese von Artikeln, Zeiten und Fällen trunken torkelnde Satzbaukolonne, dass man sich der auch noch anschließen muss, all das (ist ein Grund, um vorzeitig abzutreten).

Lt Surf empfiehlt zu diesem Text: *Cheb Balowski – Salamalïkum.*
propaganda-pel-fet, 2001

Die Geschichte vom Westschloss – *Tube*

Früher, damals, vor langer Zeit, es war in der DDR, da hat einmal, eines schönen Nachmittags, mein Nachbar Herr Prengemann den Kopf aus dem Fenster seiner Parterrewohnung gesteckt und über die Straße gerufen: »Osten gut, Westen schlecht«. Dann hat er den Kopf wieder eingezogen, kurz darauf wieder rausgesteckt und gerufen: »Osten geht so, Westen besser«, Kopf wieder eingezogen, Kopf wieder raus »Westen gut, Osten schlecht«, und das Ganze hat er so lange wiederholt, bis ihn die Stasi eingefangen, weggeschleppt und einen Tag lang gefoltert und verhört hat.

Die Rufe galten übrigens allein seinem Sohn, der auf dem Dach des Hauses stand und die Fernsehantenne ausrichten sollte.

Westen gut, Osten schlecht, das galt für viele andere Dinge damals aber auch – insbesondere für materielle. Jedenfalls haben wir immer geglaubt, dass alles, was aus dem Westen kam, aus Gold sei.

So dachte ich zum Beispiel auch von dem Fahrradschloss, das mir meine Oma mal aus dem Westen mitgebracht hatte. Nicht, dass ich geglaubt hätte, es wäre aus Gold oder so. Nein, natürlich nicht, aber zumindest dachte ich, es wäre besser als ein Ostschloss, denn es sah ja auch besser aus, es glänzte irgendwie wunderschön, es war so eine Chromkette, und dann war das Schloss auch noch mit einem vierstelligen Zifferncode zu öffnen. 1989 war die magische Zahl, die ich niemandem verraten hatte.

Ich verwendete das Schloss immer, um meinen Star anzuschließen. Ich hatte einen weißen Star.

Das war etwas völlig anderes als ein grauer Star. Ein weißer Star war nämlich ein Moped, das weiß angemalt war, während ein grauer Star ein Moped gleicher Bauart war, nur eben grau angemalt. Von der Fabrik wurden diese Zweiräder nur in der Farbkombination rotweinrot-zahngelb geliefert.

Ich fand es damals urst fetzig, meinen Star weiß anzumalen, obwohl alle meinten, das sähe beschissen und uncool aus. Im Westen würden die Mopeds anders aussehen. So eine Karre müsse verchromte und gekürzte Schutzbleche kriegen, eine abgesteppte Sitzbank, die Blinker vom Lenker weg und dicht neben die Lampen montiert, überhaupt, 'nen hoher Mofalenker müsse drauf, hinten 'nen verchromter Päcki, und der Rest der Karre, wie Tank und Seitenbleche, mit schwarzem Einbrennlack überzogen sein. Damit das Ganze auch noch nach Freiheit, Abenteuer und Route 66 klang, sollte ich zusätzlich die Tüte anbohren.

Das hab ich natürlich alles nicht gemacht.

Irgendwann habe ich mal dieses Moped, nachdem ich's auf dem Gehsteig geparkt hatte, auf die Fahrbahn geschoben, als mir einfiel, dass ich vergessen hatte, das Schloss abzumachen.

Zu spät. Die chromglänzende Kette war gerissen wie ein Bindfaden. Das gute Westschloss. Wie konnte ich nur vergessen, es abzumachen, bevor ich mein Moped wegschiebe?

Ich hab das Schloss natürlich nicht weggeschmissen, sondern repariert, indem ich das aufgebogene Kettenglied mit einer Zange wieder zusammengedrückt habe. Schließlich war es ja aus dem Westen und sah total cool aus.

Eine Woche später wurde mir das Schloss geklaut.

Und zwar von Lutz Kunze, der ein paar Tage darauf seine aufgemotzte S51 damit stolz vor meinen Augen angeschlossen hat. Ich hab ihn gleich gefragt, wo er denn dieses tolle Schloss her hätte. Na, hat ihm seine Oma mitgebracht, aus'm Westen.

Aha, und ob die Zahlenkombination zufällig 1989 wäre.

»Na, das ist ja nen Ding«, hat Lutz Kunze da gesagt. »Stimmt! Wie biste denn darauf bloß gekommen? So'n Zufall. Naja Tube, jetzt wo du die Kombination weißt. Du wirst doch aber bestimmt nicht meine Karre klauen, wa, wir sind doch Kumpels.«

Hab ich auch nicht. Ich hab seine Karre irgendwann heimlich mal weggeschoben, irgendwo anders hin, ohne das Schloss aufzumachen, womit die Sache mit dem Westschloss endgültig erledigt war.

Lt Surf empfiehlt zu diesem Text: *Los Straightjackets – Sleigh Ride.*
Album »Tis The Season For Los Straitjackets!«,
Yep Roc Records, 2002

Gutenachtgeschichte mit Happy End – *Spider*

Meine Alten kamen nach der deutschen Wiedervereinigung irgendwie voll auf einen religiösen Film. Ich fand, sie übertrieben es ziemlich. Vielleicht hatten sie wegen irgendetwas ein schlechtes Gewissen, vielleicht wollten sie irgendetwas wiedergutmachen. Mein Vater war Kalikumpel gewesen, irgendein hohes Tier im Bergbau, meine Mutter beim FDGB. Genaues weiß ich nicht, ich war acht Jahre alt, als die Wende kam. Jedenfalls wurden sie evangelisch. Vielleicht auch katholisch oder beides. Ich kenne mich da nicht aus. Bis dahin war ich Jungpionier gewesen. Auch nicht schön. Jedenfalls wurden meine Alten gläubig. Wir alle. Wir mussten alle mitmachen. Ich und meine vier Geschwister. Die DDR hatte sich junge Familien einiges kosten lassen. Ehekredit, Kindergarten, Schulmilch. Heute würde man sagen, meine Eltern hatten eine Mitnahmementalität. '89 dann Begrüßungsgeld für sieben. Kleiderspenden der Caritas und von der Arbeiterwohlfahrt. Kleiderspenden – modisch gesehen hörten die Achtziger für mich praktisch nie auf. Ich kann mich nicht mehr erinnern wie und wann, aber plötzlich waren meine Alten auf dem religiösen Trip. Gutes tun, den Armen helfen und so. Na ja. Sonntags in die Kirche und so. Wir klapperten Wallfahrtsorte ab, wie wir früher Betriebsferienheime abgeklappert hatten, wir waren kinderreich, und meine Mutter hatte beim FDGB gearbeitet. Nun schleppten sie uns zu Wallfahrtsorten: Guadalupe, La Salette, Fátima , Lourdes, Kibeho. Einmal, sie hatten etwas verwechselt, fuhren wir sogar nach Mekka. Ostern war auf einmal total wichtig, was weiß ich warum. Weihnachten war ja schon vorher wichtig gewesen. Aber plötzlich sollten wir unsere Weihnachtsgeschenke spenden, für Kinder, die es nicht so gut hatten. Die ausgeblasenen Ostereier durften wir behalten. Unsere Mutter hatte sie alle selbst bemalt. Mit dem Mund. Dabei hatte sie zwei gesunde Hände. Sie wollte aber teilhaben an der Mühsal der Geplagten. Sie war sich nicht zu fein, auf Kirchenbasaren eigenhändig ihre selbst mundbemalten Eier zu verkaufen, für einen guten Zweck. Wir Kinder weigerten uns ja, solchen Unfug mitzumachen. Dass es anderen schlechter ging als uns, das genügte uns als abstrakter Fakt. Wir mussten das nicht nachvollziehen, so sehr die Alten auch bettelten. Bei trockenem Brot mäkelten wir, und bei Winterspaziergängen bestanden wir darauf, Schuhwerk zu tragen. Ich glaube, sie waren traurig deswegen, unsere Eltern. Sie ließen sich und uns taufen. Ich verstand nicht, wozu das gut sein sollte. Wir behielten nämlich unsere alten Namen. Was habe ich gebettelt, dass sie mich Spock taufen lassen oder Zorro oder wenigstens Old Shatterhand. Ich habe sogar ohne zu mäkeln trockenes Brot gegessen, oder gar kein Brot, sondern nur die Wurst. Aber ich blieb ein Andreas, trotz der Taufe. Die Taufgeschenke gingen nach Afrika. So wie der größte Teil unseres Taschengeldes. Sie überwiesen es direkt und händigten jedem von uns Kindern stattdessen wöchentlich stolz den Durchschlag eines Überweisungsträgers aus. Wir taten so viel Gutes, dabei waren unsere Eltern die Christen. Das bisschen Geld, das zu behalten mir gelang, gab ich für Ohrenstöpsel aus, damit ich die Gutenachtgeschichten nicht anhören musste, die unser Vater uns allabendlich erzählte. Er saß unter dem Holzkruzifix, auf das unsere Mutter selber einen Jesus gemalt hatte, mit dem Mund natürlich. Dort erzählte er – also unser Vater – von Hungersnöten und Seuchen, von Verfolgung und Folter rechtgläubiger Glaubensgeschwister. Und wir sollten ständig darüber nachdenken, wie man solchen armen Menschen helfen könnte. Auch und vor allem den Heiden. Ich hätte fast darum gebetet, dass die Heiden mal uns helfen sollten, aber ich betete ja nie, aus Protest. Meine Eltern kümmerten sich in Phasen um die verschiedenen Aspekte des Elends der Welt. Einen Monat lang versuchten sie die Erde vom Hunger zu heilen, einen Monat lang von der Homosexualität. Es gab so viel zu helfen. Und uns ging es dabei so gut. Schlimm war das, dass es uns so gut ging. Wenn es jemandem gut ging, war das schlimm. Aber warum sollte es den Armen dann eigentlich besser gehen? War das eine böse Absicht? Mal mussten die Leprakranken unterstützt werden, dann die Hottentotten. Irgendwann bemitleideten unsere Eltern die vielen Ehepaare, die kinderlos geblieben waren. Eines Abends saßen sie mit strahlenden Mienen unter dem Holzkreuz und verkündeten: »Heute gibt es keine Gutenachtgeschichte, heute gibt es eine gute Nachricht, eine frohe Botschaft.«

Ich hatte mir keine Ohrenstöpsel reingesteckt, es gab ja keine Geschichte.

»Ihr wisst ja, dass ganz viele Eheleute sich nichts lieber wünschen als ein Kind, aber sie können keines bekommen.«

Wir nickten. Sollten wir jetzt Kinder sammeln, oder was?

»Eure Mutter und ich haben uns entschlossen, diesen armen Ehepaaren zu helfen, und haben euch deshalb zur Adoption freigegeben.«

Das war ja mal zur Abwechslung ein Ding. Jungejunge. Sie behielten nur das eine von meinen Geschwistern, das ein bisschen hässlich war, weil sie das niemandem zumuten wollten. Seinen Namen habe ich vergessen. Ist ja jetzt schließlich schon fünfzehn Jahre her. Die Namen der anderen habe ich auch vergessen. Wir wurden in alle Winde zerstreut. Ich kam zu einem ganz normalen heidnischen Ehepaar. Die Ostereier sind aus Schokolade und die Weihnachtsgeschenke darf ich behalten. So fand meine Kindheit schließlich doch noch zu einem Happy End. Erwartet hatte ich das nicht.

Lt Surf empfiehlt zu diesem Text: *The Chantays – Pipeline.*
1963 hatten die Chantays, eine Teenager-Band aus Santa Ana, CA, mit diesem Song einen der größten Instrumental Surf-Hits

Nationaler Widerstand – *Ahne*

In unserer Straße blüht es. Rosa vor allem. Dis kommt von den Bäumen. Ausländische Kirschen sind es, die in unserer Straße blühen. Kirschen, die niemals Kirschen tragen werden, die trotzdem aber Kirschen heißen. 40 solcher Bäume stehen in unserer Straße, geschätzt jedenfalls. Ich hätte sie sicher auch zählen können, Freunde genauerer Recherche könnten mich deshalb der Oberflächlichkeit schelten, doch mir war es nicht wichtig, wie viele Bäume es genau sind. Mir reicht vollkommen, dass man weiß, dass sie blühen, die Bäume. Dass sich Kinder daran erfreuen und Omas, Lastkraftwagenfahrer und Flüchtlinge und sicher auch, insgeheim, der ein oder andere Nazi. Natürlich nur, wenn ihn keiner der Kameraden beobachtet. Wird er einen Moment lang ergriffen verweilen, wird er vielleicht zurückdenken, an seine Kindheit. Als sie bei der Oma auf dem Bauernhof waren, wo die Kuh, ja, die hat ihm mal durchs ganze Gesicht geschleckt. Mit ihrer fleischigen Zunge. Wie warm die gewesen war. Wie er sich da erschrocken hat, aber die Oma bloß lachte und der Pflaumenkuchen, gab es eigentlich mal anderen Kuchen als Pflaumenkuchen bei Oma? Sein Bruder mochte ja keine Pflaumen. Sein Bruder hatte eine Allergie. Sein Bruder kriegte immer Pickel in den Armbeugen und in den Kniekehlen. Dis juckte dann entsetzlich. Die Kameraden sagen ja Umweltschutz wäre wichtig. Umweltschutz sei die längste Zeit ein Tummelplatz für Linke gewesen. Genau genommen ist Umweltschutz sogar, von alters her, durch und durch völkisch. Jedes Land habe schließlich seine eigene, seine unverwechselbare Umwelt, die man genau so schützen und bewahren müsse, wie man das eigene Volk schützen und bewahren muss. Palmen hätten ebenso wenig etwas in Brandenburg zu suchen wie Koreaner. Kakteen gehörten genau wie Neger zurück nach Afrika. Oder waren Kakteen aus Amerika? Na, jedenfalls hatten sie hier nichts zu suchen, denn fremdländische Kakteen, die schleppten eben auch fremdländische Krankheitserreger ein, gegen die sich unsere heimischen Pflanzen kaum wehren können. Die Kartoffeln zum Beispiel. Viele Kartoffeln haben ja heutzutage schwarze Stellen. Von außen betrachtet, mit Schale, da sehen sie ja noch ganz gut aus, aber wehe man schält die Schale ab, da tränen einem schon manchmal die Augen, so viele Stellen sieht man da plötzlich. Dis war früher anders, als noch nicht jede Familie einen Kaktus im Fenster zu stehen hatte und statt Nintendo das gute alte Mensch-ärger-dich-nicht zum Einsatz kam. Da gab es auch noch viel mehr Störche. Bei seiner Oma war immer ein Storch gewesen. Der nistete, jedes Jahr, bis die Familie mit dem schwarzen Kind ins Dorf zog. Nicht, dass er meine, dieses Kind sei schuld am seither storchenlosen Wagenrad, das nun nicht, doch gewisse Zusammenhänge, die sind einfach nicht von der Hand zu weisen, jetzt zum Beispiel mit der Globalisierung. Es wird keine Rücksicht mehr genommen, auf die Unterschiede, die regionalen und, ja, auch die nationalen. Er wolle überhaupt gar nicht, dass die alle raus müssten, aber anpassen, das sei doch wohl das Mindeste, was man verlangen könne. Die Dönerbuden müssen weg. Aus, Schluss, fertig! Dis is sowieso vergammeltes Fleisch da, was einem angeboten wird. Wie oft is ihm davon schon schlecht geworden. Und wie man da erst mal stinke, aus'm Mund, am nächsten Morgen. Widerlich, einfach widerlich! Und die unterstützen ja mit ihrem Geld den Terrorismus, den internationalen, dis is ja bekannt. Hier, Kurdistan und Baskenland und wo die alle herkommen. Viele denken noch, sie würden denen was Gutes tun, wenn sie spendeten, aber wo bitteschön landet das denn alles?! Das landet doch in undurchsichtigen Kanälen. Geldwäsche, Korruption, und wer bezahlt das? Hinterher, die Zeche?! Klar, wir Deutschen, wegen unserer Vergangenheit. Da kann man mit uns natürlich machen, was man will. Die Moralkeule als Zeigefinger erhoben und schon, bereitwillig, schämt sich der Deutsche und blecht. Dabei haben die Amerikaner auch, mit den Indianern und China mit Tibet und die Franzosen erst mal, mit ihren Atombombenversuchen …

›Woher die wohl kommen die Bäume? Bestimmt nicht von hier, so schön wie die sind‹, vermutet unser nationaler Ökoaktivist, guckt sich verstohlen um, ob ihn niemand beobachtet und dann zieht er geräuschvoll seine Rotze hoch und ault hinein, in die rosa Blütenpracht.

Die Kameraden, die würden jetzt sicher johlen.

Lt Surf empfiehlt zu diesem Text: *Mickey Aversa & The Invaders – Blast Off.* LAP records, 1965, später auch von der deutschen Band Cave Four gecovert.

Zehn gute Gründe, sich vorzeitig zu verabschieden: 10. Ich – *Robert Weber*

Ich zum Beispiel, ja ich, diese völlig sinn- und nutzlose, überflüssige Existenz, die sich selbst zu ihrem schlimmsten Feind geworden ist, dieses *Subjekt*, das sich Kulturträger schimpft und doch nur Auswürfe hervorbringt, die als Literatur paniert in der Weltgeschichte herumgeistern, dieses Möchtegern-Enfant-terrible, das mit seinen geistigen Absonderungen die Menschheit verpöbelt und auch noch glaubt, Geld dafür verlangen zu können, dieser Hosentrompeter, dem sein Milieu, seine Zeitgenossen, das Leben im Allgemeinen und das eigene im Besonderen bestenfalls immer suspekt vorgekommen sind, dieser geifernde, Gift und Galle spuckende Bi-Ba-Butzemann, diese selbsternannte Persona non grata, dieses Rumpelstilzchen, diese Kreatur, dieses *Element*, dieses Nachtschattengewächs, das sich jeden Tag einen fadenscheinigen Anlass erfindet, um überhaupt das Bett verlassen zu können, dieser fleischgewordene Überdruss, dass ich *den* auch noch ein Leben lang ertragen muss, all das (ist ein Grund, um vorzeitig abzutreten).

Lt Surf empfiehlt zu diesem Text: *The Pharos – Pintor.* Del-Fi Records, 1963

Mein Handy – *Tube*

Ganz früh morgens, da klingelt mal wieder der Wecker. Ich werfe mich aus dem Bett und überlege wie jeden Morgen, ob ich meine Wohnung durch die Tür oder durchs Fenster verlasse, und wieder einmal entscheide ich mich für die Tür. Nebenher sei erwähnt, dass meine Wohnung im vierten Stock liegt, hoch genug, um alle Probleme zu lösen. Außerdem bin ich durchs Fenster schneller unten als durch die Tür und durchs Treppenhaus. Vielleicht doch lieber das Fenster? Nein! Die Tür. Es bleibt dabei, die Entscheidung ist gefallen.

Ich öffne das Fenster. Ich brauch frische Luft. Mein Kopf brummt noch etwas, denn vier Liter Bier und vier Stunden Schlaf, das sind eine Stunde Schlaf pro Liter, das ist kein guter Schnitt.

Frische kühle Luft weht herein. Gleich werde ich hinaus auf die Straße müssen und zum Auto laufen, gute zehn Minuten zu Fuß, denn das Auto steht noch vor der Kneipe von gestern, vorm Zosch. Allerdings wundert es mich, dass ich mein Auto sehen kann, wenn ich aus dem Fenster gucke. Keine zehn Minuten entfernt. Direkt vor der Haustür und gar nicht vorm Zosch. Eigenartig, ich kann mich an nichts erinnern. Muss wohl irgendjemand hierhergefahren haben. Für meinen Geschmack etwas schief eingeparkt. Mit dem einen Rad so schräg auf dem Bürgersteig. War wohl besoffen, der Typ. Oder 'ne Frau. Keine Ahnung, ich kann mich an nichts erinnern.

Ich weiß noch, wie ich einmal betrunken Moped fahren wollte, nach einer Dreiviertelflasche Schnaps. Es war auf einem Zeltplatz in Tiefensee, und ich war 16. Ging eigentlich ganz gut, zwischen den Zelten hindurch, mal hier mal da, ich bin ja auch nicht schnell gefahren. Gestört haben mich nur meine Freunde, die mir alle hinterhergerannt sind und mich davon abhalten wollten. Die haben sich hinten am Gepäckständer festgekrallt und versucht mich festzuhalten. Ich hab keine Ahnung, warum, ich kann mich nicht erinnern.

Genug frische Luft geatmet, ich suche schon meine Sachen zusammen, die lebenswichtigen, wie zum Beispiel das Handy, das ich nicht finde, und deshalb mit meinem anderen Telefon anrufe, mit dem anderen Telefon, das durch eine Schnur mit der Wand verbunden und deshalb leicht zu finden ist. Das Handy klingelt, es liegt im Flur, neben den Schuhen, nun suche ich den Wohnungsschlüssel, wie schade, dass ich ihn nicht anrufen kann.

Warum gibt es noch keine Schlüssel mit integriertem Telefon? Alle wichtigen Dinge sollten ein Telefon integriert haben, damit ich sie anrufen kann, wenn ich sie mal nicht finde. Der Schlüssel, der Lichtschalter, die Schuhe, das Portemonnaie, die Zigaretten, meine Jacke, das Bett, der Fotoapparat, alles, einfach alles will ich anrufen können. Wir leben im Jahre 2007, da sollte so etwas doch möglich sein. Oder wenn es schon nicht geht, dass der Schlüssel, der Lichtschalter, die Schuhe, das Portemonnaie, die Zigaretten und meine Jacke ein Telefon dran haben, dann sollte es doch wenigstens ein Handy geben, dass den Schlüssel, den Lichtschalter, die Schuhe, das Portemonnaie, die Zigaretten und meine Jacke integriert hat. Überhaupt alles, wirklich alles sollte integriert sein. Fernseher, Lampe, Waschmaschine, Zahnbürste, Kaffeekocher, Schränke, Schlüpfer, Socken und alles, wirklich alles.

Dann wäre immer Ordnung in meiner Wohnung. Nichts, aber auch nichts wäre da. Leere Räume, überall, nur das Telefon, das durch eine Schnur mit der Wand verbunden ist, womit ich das Handy anrufen kann, wenn ich's mal nicht finde. Aber Quatsch! In einer leeren Wohnung findet man ein Handy genauso leicht wie eine Nadel im Finger. Also kein Schnurtelefon mehr, und falls man doch mal eins braucht, kann man das auch im Handy integrieren. Alles muss ins Handy rein. Dann gehe ich raus auf die Straße, völlig nackt, an meiner Hüfte hängt das Handy, das hängt da am Gürtel, der im Handy integriert ist.

›Seht mal! Der ist völlig nackt!‹, würde ein Mensch heutzutage wohl sagen, einer, der sich das technisch nicht richtig vorstellen kann, aber so ein Quatsch. Seht doch! Hier hängt mein Handy, neuestes Modell, mit Schlüpfer und auf Knopfdruck auch mit langen Unterhosen.

›Kann ich deinem Schlüpfer eine SMS schicken?‹

Schluss mit diesen Zukunftsvisionen, wenn das einmal Realität ist, dass alles, wirklich alles im Handy drin ist, bin ich zu alt dafür, dann bin ich so alt, wie meine Oma jetzt ist, und der musste ich neulich den Decoder für digital-terrestrisches Fernsehen einrichten.

Da! Das ist der Decoder. Und das hier ist die Fernbedienung für den Decoder, und das hier ist die Fernbedienung für den Fernseher. Mit der Fernbedienung für den Fernseher schaltest du die Sender nicht mehr um, sondern du schaltest die Sender mit der Fernbedienung für den Decoder um. Die Fernbedienung für den Fernseher brauchst du nur noch, um den Fernseher einzuschalten und für die Lautstärke, aber die Lautstärke kannst du auch mit der Fernbedienung für den Decoder regulieren, allerdings nur höchstens so laut, wie du die Lautstärke mit der Fernbedienung am Fernseher eingestellt hast. Wenn du also merkst, dass es mit der Fernbedienung für den Decoder nicht lauter geht, mach mit der Fernbedienung für den Fernseher die Lautstärke höher. Wenn du aber leiser machen willst, mach den Fernseher nicht zu laut, weil es sonst rauscht. Alles klar?

Nein! Warum kann ich mit der Fernbedienung für den Fernseher die Sender nicht umschalten?

Weil du zum Umschalten die Fernbedienung vom Decoder hast, blöde Frage, du machst doch auch das Licht mit dem Lichtschalter an und nicht mit der Fernbedienung vom Fernseher oder mit einem Handy.

Selbst ich würde das nicht begreifen, aber dennoch muss alles ins Handy rein, dann ist es übersichtlicher, sogar die Toiletten sollten integriert werden, dann kann man auch mal reinscheißen, unterwegs.

Habe endlich den Schlüssel gefunden, verlasse die Wohnung durch die Wohnungstür und denke: Schön! Was für ein schöner Tag heute bestimmt werden wird.

Lt Surf empfiehlt zu diesem Text: *Shelly Manne – Clarence. Album »Daktari«*, Atlantic, 1967

Die Trauerfeier – *Robert Weber*

Wie man eine Weißwurst in kochendes Wasser geben kann, das geht über meinen Horizont und weit darüber hinaus.

Dass ein so großer Mann in einen so kleinen Sarg passt.

Ich meine jeder, jeder der sich nur ansatzweise in seinem Leben einmal nur mit der Weißwurst auseinandergesetzt hat ...

Dass der in einen so kleinen Sarg hineinpasst, dass man meinen möchte, er sei ein Beinamputierter gewesen.

Nur ansatzweise mit der Weißwurst einmal in seinem Leben sich auseinandergesetzt hat, der weiß das doch.

Alleine vom Umfang, dass man so einen Umfang da hineinkriegt.

Also einmal nur ansatzweise.

Leben – das hat er schon gehabt. Eines. Ein einsames. Gegen Ende sehr einsam. Aber umfangreich. Und sensibel.

Dass die Weißwurst ein zartes Geschöpf ist, zartbesaitet. Und sensibel.

Sensibel, aber talentiert. Einsam, sensibel, aber talentiert. Ein einsames Talent.

Ein zartes Geschöpf, das kocht man nicht. Das ist kulturlos.

Mit vielen Talenten. Malen, Schreiben, Musizieren, Töpfern und Volkshochschule.

Ästhetisch gesehen mit Gefühl und Laugenbrezeln. Mit viel Gefühl und Laugenbrezeln.

Aber am Ende einsam und sensibel. Und verzweifelt. Am Ende verzweifelt und am Anfang so.

Ästhetisch gesehen.

Hoffnungsfroh, vielversprechend, aussichtsreich.

Nur mit Laugenbrezeln. Keine Laugensemmeln, keine Laugenstangen.

Und am Ende – Volkshochschule. Und Alkohol.

Und Weißbier. Ohne Weißbier hat die Weißwurst keinen Geschmack. Das schmeckt man doch. Ästhetisch gesehen. Wer einmal in seinem Leben ...

So plötzlich. Im Leben aus dem Lebenslang herausgerissen. Für immer.

Weißwurst, Weißbier, Weißwurstsenf und Laugenbrezeln sind nicht voneinander zu trennen. Als Frühstück. Ästhetisch gesehen.

Eine Bockwurst. Erstickt an einer plötzlichen Bockwurst. Einen plötzlichen Bockwursttod habe er gehabt, so heißt es.

Die Weißwurst muss man aus der Weißwursthülle herauszüllen. Das Weiße aus der Weißwurst. Den weißen Kern der Weißwurst, die weiße Seele der Weißwurst züllt man heraus.

Dass er an einer Bockwurst stirbt.

Spirituell gesehen.

Hat er nicht verdient. Vieles ja. Vom Umfang her. So ein Leben hat ja auch einen Umfang, aber das nicht.

Nach zwölf Uhr isst man keine Weißwurst. Das weiß man doch.

Dass so ein Leben mit so einem Umfang in einen so kleinen Sarg hineinpasst.

Mit Laugenbrezeln. Weißwurstsenf, Weißbier.

Malen, musizieren, schreiben, töpfern,

Und Weißwurst.

Einsam und verzweifelt. Am Ende.

Vor zwölf Uhr.

Volkshochschule.

Weißwurst.

Und Alkohol.

Wird immer vor zwölf Uhr gegessen. Das weiß man doch.

Dass ein so großer Mann in einen so kleinen Sarg nicht hineinpasst.

Lt Surf empfiehlt zu diesem Text: *Cozy Cole – Big Noise From Winnetka*

Die Revolution muss warten – *Ahne*

Mittwoch, Sommer, 7.20 Uhr. Ich bin gerade aus dem Bett gefallen. Das heißt, gefallen ist falsch. Gezogen, gezerrt worden bin ich, dis trifft's eher. Sie muss zur Arbeit und sie will nicht alleine am Frühstückstisch sitzen. Nun sitze ich also daneben. Neben ihr.

Ich soll 'ne Stulle schmieren. Ich habe aber gar keinen Hunger. »Ach nich für mich, ach so, für dich. Klar. Körnerbrot? Ja? Dann müsst ich schnell noch mal los, zur Kaufhalle flitzen. Sicher, soviel Zeit hast du nich. Natürlich. Nein klar. Dis andere Brot is aber, ach was, dis kann man wegschneiden. Soll ich dis toasten? Is zum Mitnehmen, mmh. Ich hab aber gefragt, ob ich dis toasten soll. Nein? Dis is aber hart. Trotzdem nein. Na, is doch 'ne Antwort.

Ja, du nimmst dis Messer für die Tomaten und ich nehm dis eben für Brot. Dis soll ja auch kaputtgehen. Ach, du meinst dis Messer. Dis is doch noch ganz. Wie, dis sieht man nicht? Doch, also ich jedenfalls, ich seh dis. Siehste, hier, is noch ganz.

Nein, gib her, ich mach dis schon. Ja, ich nehm auch dis Brotmesser. Wo is'n dis eigentlich? Wie, ich hab mir gestern als Letzter 'ne Stulle abgeschnitten? Woher willste'n dis wissen? Ja, schon, aber vielleicht hat Simone noch mal Hunger gekriegt, in der Nacht.

Stimmt. Seit April? Wie heißt'n der noch mal, der für Simone eingezogen is? Anna, aha. Anna?!

Nein, lass mal. Nein, wirklich! Ja, dis muss schnell gehen, ich weiß. Käse oder Wurst! Ziegenkäse, Edamer, Harzer, Camembert oder warte mal, Frischkäse müssten wir auch noch …? Was heißt dis dauert dir zu lange? Weiß ich doch nich, was du für'n Käse essen willst. Gestern Abend haste aber'n andern Käse gegessen. Dann war's eben vorgestern. Doch, ich hab genau gesehen, dass du schon mal'n andern Käse gegessen hast! Dis war nich meine Ex-Freundin. Nein, dis war sie nich! Natürlich weiß ich noch, wie die hieß. Sag ich jetzt aber nicht. Außerdem haste gar nich mehr so viel

Zeit. Ja, das ist ein langer Name, ein sehr langer Name. Willste noch'n Kaffe? Tee, soso. Ja, hab ich gesehn, hätt ja aber sein können, dass de nach dem Kaffe noch'n Tee willst. Von mir aus umgekehrt, du wolltest doch, dass ich mit dir aufstehe! ›Damit ich mal in die Pötte komme, damit ich mal in die Pötte komme‹, ich komm schon noch in die Pötte, früh genuch komm ich in die Pötte, Pötte, was is'n dis überhaupt für'n bescheuerter Ausdruck! Ich will nich in die Pötte, hörste, ich will ins Bett!

Ja, mach ich auch. Kannst dich ja krankschreiben lassen. Komm, lass Oskar aus'm Spiel! Na, dann wird er eben mal so wie ich. Dis wär sowieso viel besser, wenn viel mehr so sein würden wie ich. Dann würde es nämlich keinen Krieg mehr geben. Ja, vieles andere vielleicht auch nicht. Ja, vielleicht auch kein Fernsehen und kein Bett, aber die Natur! Die Natur würde sich bei mir bedanken. Was heißt, die hätte mich längst aufgefressen, so faul bin ich nun auch wieder nicht. Ich würde schon wegrennen. Jetzt komm du mir noch mit der Eiszeit. Auch während der Eiszeit gab es auf der Erde schließlich Gebiete, wo es warm war. Ja, das weiß ich. Stand in so 'nem Buch. Als Kind hab ich aber viel gelesen. Da kannst du ruhig meine Mutter fragen. Ich weiß, dass ich die besuchen wollte, du musst übrigens los. Ich lenk nicht vom Thema ab, ich sag nur, dass du los musst.

Ja, mach ich. Ja. Ja. Ja klar, du hast mir doch'n Zettel geschrieben, oder? Neben dem Bett, aha. Dis trifft sich ja gut. Weil ich dis noch mal aufschütteln wollte, dis Bett. Sicher, mach's besser und lass dich nich ärgern, auf Arbeit mein ich.«

Mittwoch, Sommer, 7.50 Uhr. Die Tür fällt ins Schloss. Ein anstrengender Tag neigt sich seinem Ende zu. Die Revolution muss leider warten. Wieder mal.

Lt Surf empfiehlt zu diesem Text: *Johnny Brown & The Joy Boys – Suspense*

20 Cent sind zu teuer –*Tube*

20 Cent für eine Tasse Kaffee find' ich zu teuer. 20 Cent, das sind 40 Pfennige, das sind zwei Mark Ost. Ein Ost-Zweimarkstück kostet bei eBay etwa drei Euro, rechnet man die Versandkosten mit ein, muss man sogar vier Euro bezahlen. Also vier Euro für eine Tasse Kaffee, die eigentlich nur 20 Cent kostet. Da sollte ich mich doch freuen, dass ich nur 20 Cent bezahle, denn vier Euro, das sind acht Mark West, das sind 40 Mark Ost, also zwei Ost-Zwanzigmarkscheine. Ein Ost-Zwanzigmarkschein gibt's bei eBay schon für einen Euro. Zwei Stück also für zwei Euro plus Versandkosten macht vier Euro. Die Gegenprobe stimmt also, und egal, welcher Rechenweg, egal wie ich es drehe und wende, eine Tasse Kaffe kostet vier Euro. Da sollte ich doch froh sein, dass ich nur 20 Cent bezahlen muss.

Bin ich aber nicht. Denn 20 Cent für eine Tasse Kaffee find ich zu teuer. Das denke ich jedes Mal, wenn ich mir eine Tasse Kaffee aus der Maschine hole, auf Arbeit, dort, wo es eine Kaffeemaschine gibt und eine Kaffeekasse, in die jeder, der sich einen Kaffee nimmt, 20 Cent packen muss, genauer gesagt, gibt es keine physische Kasse, sondern nur eine Liste, auf der jeder unter seinem Namen einen Strich machen muss, wenn er sich eine Tasse Kaffee genommen hat. Und am Ende des Monats wird abgerechnet. Da werden die Striche gezählt. Und für jeden Strich sind 20 Cent zu blechen. Von dem Geld werden neue Kaffeebohnen gekauft, die dann der Befüllung der Maschine dienen.

Ich glaube, die anderen bescheißen. Die machen nicht immer einen Strich. Deswegen sind zu wenige Striche da, und um genügend neuen Kaffee kaufen zu können, muss der Strichpreis hoch angesetzt werden. Momentan liegt er bei 20 Cent. 20 Cent für eine Tasse Kaffee. Momentan! Denn nächsten Monat wird es sicherlich teurer, denn ich bescheiße jetzt auch. Wenn die anderen bescheißen, bescheiße ich auch. Ist doch klar.

Schön die Tasse unter die Maschine gestellt, Knöpfchen gedrückt, Kaffee läuft ein, kurz den Kugelschreiber angestubst, damit er schön an seiner Schnur hin und her pendelt, damit jeder, der mich jetzt sieht, glaubt, ich hätte den Kugelschreiber gerade benutzt und einen Strich gemacht. So wie es die anderen auch alle machen. Damit sind wir bald bei 40 Cent. 40 Cent für eine Tasse Kaffe, das sind 80 Westpfennige, das sind vier Ostmark, also acht Ebay-Euros.

Ein Bekannter von mir hat einmal 60 Kaffeemaschinen bei eBay ergaunert. Das war damals im Zuge so einer Werbeaktion. Ebay verschenkt jede Minute eine Kaffeemaschine. Dazu musste man nur zum richtigen Zeitpunkt eine Frage beantworten. Und der richtige Zeitpunkt war: als Erster. Man musste als Allerersten die Frage beantworten, die auf der Startseite einmal pro Minute neu erschien. Zum Beispiel: »Welche Farbe hat eine Kirsche?«. »Rot«, Enter, und du hattest eine Kaffeemaschine. »Welcher Kontinent ist der größte?«, »Asien«, Enter, und du hattest eine zweite Kaffeemaschine. So einfach. Man musste nur der Erste sein. Und weil sich die Fragen nach kurzer Zeit wiederholten, hat mein Bekannter ein Programm geschrieben, was ganz allein die Antworten eingab. Keine Chance für einen menschlichen Mitspieler, da noch was abzuräumen. Und mein Bekannter war nicht der Einzige, der mit einer Kaffeemaschinengewinnsoftware ins Rennen gegangen ist. Es war ein Kampf der Programme, ein Kampf der Fragebeantworteroboter. Es ging nur noch um Antwortzeiten im Millisekundenbereich. Deshalb brauchst du als Mensch bei solchen Spielen gar nicht erst mitmachen. Kenne deine Gegner. Mein Bekannter hat übrigens nach 60 Kaffeemaschinen aufgehört, weil er keine Verwandten und Bekannten mehr hatte, deren Adresse er für die Lieferung angeben konnte. Denn er konnte sich ja nicht selbst jedes Mal als Gewinner angeben, das hätte gegen die Regeln verstoßen. Jeder nur eine Kaffeemaschine, wer schon hat, der darf nicht noch mal.

Ich jedenfalls bescheiße jetzt auch. Und dann kostet die Tasse Kaffee nächsten Monat 40 Cent, was soll's. Und dann werden die anderen denken. »Boah! Sauerei. 40 Cent für eine Tasse Kaffe, das ist zu teuer. Die anderen bescheißen. Ich werde jetzt auch bescheißen, und zwar noch mehr, als ich vorher beschissen habe.« Dann steigt der Preis auf 80 Cent. 1,60 West, acht Mark Ost, 16 Ebay-Euro. Wir werden astronomische Tassenpreise erreichen. Aber dann könnte ich intervenieren. Anstatt keine Striche mehr zu machen, mache ich doch Striche, und zwar bei den anderen.

Dann sinkt der Preis, und die anderen werden denken: »Boah! So viele Tassen hab ich doch gar nicht getrunken. Sauerei! Da hat doch einer bei mir anstatt bei sich die Striche gemacht. Ich werde jetzt auch bescheißen. Ich mach' jetzt auch einfach bei den anderen Striche hin. So!«

Und irgendwie reguliert sich dann alles wieder von selbst. Ist doch fein.

Lt Surf empfiehlt zu diesem Text: *Ben Vaughn – Trashpickin'.*
Album »Ben Vaughn Blows Your Mind«, Enigma Records, 1988

Rosemarie-Rose – *Robert Weber*

Sie heißt eigentlich Rosemarie
Sie möchte lieber Rose genannt werden.
Sie verbindet Rosemarie mit einem traumatischen Erlebnis.
Sie ist 19 und sieht gut aus.
Mit 19 sieht man immer gut aus.
Ich bin 38 und sehe nicht gut aus.
Rosemarie-Rose hat meine Telefonnummer.
Aber: Sie ruft mich nicht an.
Rosemarie-Rose hat in einem Berlinale-Film mitgespielt, bei dem sie zwei Stunden lang tanzen durfte.
Ich wusste gleich, dass sie in einem Berlinale-Film mitgespielt hat, auch ohne, dass ich neben ihr stehe.
Und: Sie darauf angesprochen wird.
Du bist eingebildet, sage ich zu ihr.
Und: Sie muss weinen.
Jetzt wein doch nicht, sage ich zu ihr.
Und: Sie sagt: Nur weil ich in einem Berlinale-Film mitgespielt habe, bin ich noch lange nicht eingebildet.
Und: Ich sage: Du bist doch nicht eingebildet, weil du in einem Berlinale-Film mitgespielt hast, sage ich zu ihr, sondern du bist eingebildet, weil du eingebildet bist.
Und: Außerdem bist du eine Zicke.
Jetzt wein doch nicht, sage ich zu ihr.
Wie kannst du so was sagen, sagt sie zu mir. Du kennst mich doch gar nicht.
Nein, sage ich, ich kenne dich nicht, sage ich, aber ich habe auch so eine Meinung.
Ich kenne auch den Berlinale-Film nicht. Ich kenne die Berlinale nicht.
Ich lebe seit zehn Jahren in Berlin und war noch nie auf einer Berlinale.

Ich habe trotzdem eine Meinung.
Dich kenne ich genauso wenig, sage ich.
Aber: Ohne eine Meinung kann ich mich nicht mit dir unterhalten. Jetzt hör endlich auf zu weinen.
Bist du eben nicht eingebildet, sage ich.
Du bist erst 19. Mit 19 darf man sich auch was darauf einbilden, wenn man in einem Berlinale-Film mitspielt. Ich würde mir mit 38 noch etwas darauf einbilden, in einem Berlinale-Film mitzuspielen, sage ich.
Ich bin aber nicht eingebildet, sagt sie.
Nein, du bist eine Zicke.
Hör auf mich anzufassen.
Ich fass dich nicht an.
Doch, da, eben.
Was? Das nennst du anfassen? Ich fasse dich doch nicht an, ich bin Schriftsteller. Einer, der sich was darauf einbildet.
Siehst du: Jetzt bringe ich mich selber zum Weinen, sage ich.
Du bist Schriftsteller?, fragt sie.
Und: Die Tränen trocknen.
Lebst du davon?
Wenn nicht, wäre ich kein Schriftsteller, sage ich, sondern etwas anderes.
Und: Ich geh jetzt tanzen, sagt sie.
Und: Warte hier auf mich.
Und: Sie geht tanzen.
Und: Ich warte hier auf sie.
Und: Dann sehe ich sie mit Daniel Küblböck auf dem Sofa sitzen.
Daniel Küblböck sieht scheiße aus, obwohl er erst 19 ist. Aber ein Daniel Küblböck darf auch scheiße aussehen.
Rosemarie-Rose unterhält sich mit Daniel Küblböck und langweilt sich.
Das kann man sehen.
Dann geht sie tanzen.
Daniel Küblböck weiß nicht, was er tun soll.

Das ist normal. In dem Alter.
Ich weiß auch nicht, was ich tun soll, ich weiß nur, was ich nicht tun soll.
Und: Tue es trotzdem.
Das ist auch normal in dem Alter: Mit 38 eine 19jährige ansprechen, so was zum Beispiel (schon gar keinen Berlinale-Star).
Ich habe auf deinen Anruf gewartet, sage ich zu ihr, als sie wiederkommt. Hier, siehst du das Telefon?
Ich deute auf den Münzfernsprecher, der neben mir im Kaffee Burger an der Bar hängt. Du hättest mich ruhig auch mal anrufen können, sage ich, in der Zwischenzeit.
Dann gib mir doch deine Telefonnummer, sagt sie, dann kann ich dich ruhig auch mal anrufen, zwischenzeitlich, sagt sie.
Oder: Warte, ich schreib sie mir auf.
Sie schreibt sich die Nummer auf dem Münzfernsprecher, der neben mir im Burger an der Bar hängt, auf.
Wie heißt du eigentlich, ich habe deinen Namen vergessen?, frage ich.
Und: Sie sagt: Ich heiße eigentlich Rosemarie. Ich möchte aber lieber Rose genannt werden.
Wieso eigentlich? Frage ich. Rosemarie ist doch ein schöner Filmtitel, sage ich. Ich kenne einen Horrorfilm, der heißt auch Rosemarie.
Fass mich nicht an.
Ich fass dich nicht an. Ich bin Schriftsteller.
Tanzt du mit mir?
Wenn ich eng mit dir tanzen darf.
Ich will nicht eng mit dir tanzen, sagt sie, wenn du mich dabei anfasst.
Dann tanzen wir nicht, sage ich, weil ich dich anfassen mag, wenn ich eng mit dir tanze, sage ich.
Fass mich nicht an, sagt sie.
Das nennst du anfassen? Ich sage dir, ich bin Schriftsteller und unter anfassen verstehe ich etwas anderes.

Ich muss das wissen, denn ich lebe davon.
Schau mal, sage ich, siehst du die Frau da?, frage ich. So, die habe ich jetzt angefasst.
Dafür darf sie mir auch eine runterhauen.
Mit dir habe ich mich nur unterhalten, obwohl ich das nicht tun sollte, ich weiß, sage ich.
Warum nicht?, fragt sie.
Weil du erst 19 bist und in einem Berlinale-Film mitspielst, sage ich. Wie komm ich mir denn vor?
Schau, Karl guckt auch schon ganz komisch, sage ich.
Der guckt so, wie als wenn er denken würde, ich bin zu alt für dich, sage ich.
Das denke ich auch.
Ruf mich an, ja? Da hast du meine Telefonnummer.
Ich rufe dich an, sagt Rosemarie-Rose, aber ich glaube ihr nicht.
Eingebildete Zicke.
Morgen werde ich mir auf der Berlinale den Film ansehen, bei dem sie mitgespielt hat.
Dancing with myself.
Der 63jährige Reinhard kämpft um seine große Liebe.
Der 36jährige Mario wird arbeitslos.
Und: Die 19jährige Rose findet in der Schule keine Freunde.
Soviel zum Inhalt. Soweit ist es also mit mir gekommen: Das ich mir wegen einer 19jährigen so einen Film ansehe. Einen Berlinale-Film. Einen deutschen Berlinale-Film in Originalfassung. Mit englischen Untertiteln.
Ungeheuerlich, denke ich.
Und: Danke, George W. Bush!
Ich sehe mir den Film dann doch nicht an.
Ich warte, bis der Film im Fernsehen kommt.
Dann ist Rosemarie-Rose 21.
Und: Ich bin 40.
Und: Das hab ich dann davon.

Lt Surf empfiehlt zu diesem Text: *Cliff Crofford – Ain't Nothin' Happenin'*. Tally, 1956.
Wieder veröffentlicht auf »Desperate Rock'n'Roll Volume Seven«

Multipolster – *Tube*

Mann ist das peinlich, ach ist das peinlich. Und das mitten auf offener Straße. Wenn mich jetzt einer sieht. Was soll der dann denken? Ich kann ja nicht einfach so tun, als wenn Edgar nicht zu mir gehört. Das geht nicht. Ich kann doch seine Hand nicht loslassen und wegrennen. Der Kleine ist erst dreieinhalb Jahre alt. Der würde allein hier ganz schön allein dastehen, in der Neuen Schönhauser Straße. Aber peinlich ist die Situation schon. Klar, der Kleine ist noch recht klein, und er weiß nicht, was er tut, aber es ist es doch wirklich peinlich. Er quasselt unüberhörbar vor sich hin: »Na na na na na na. Ra ra ra ra ra, das gibt's alles bei Multipolster!«

Mann ist das peinlich, so ein Kind durch die Straßen zu führen, das ununterbrochen irgendeinen bescheuerten Werbeslogan, den es im Radio aufgeschnappt hat, herumtrötet. »Multipolster!«, schreit er wieder, und alle drehen sich um zu mir.

Ich zucke mit den Schultern, tue so, als wenn ich auch nicht recht verstehe, wie es dazu kommen konnte.

»Multipolster!!!«, schreit Edgar wieder. »Multiposter!!!« Er steigert sich hinein. »Multiposter!!!!!!«

Ich bleibe stehen.

»Du Edgar«, sage ich und gebe meiner Stimme einen ernsten Klang. »Das, was du da gerade gesagt hast, ist ein ganz schlimmes Wort. Ganz schlimm, so etwas Schlimmes ist das, das darfst du nie wieder sagen. Verstehst du? Das ist etwas ganz Böses, was du da machst. Das ist gar nicht lustig. Da ist dein Papa ganz traurig, wenn du solche Wörter sagst. Und weißt du noch, wie ich reagiert habe, als du das erste Mal Fotze gesagt hast?«

»Multipolster!!!«, schreit der Kleine wieder.

»Nein, Edgar. Ich erkläre dir das mal. Die Sache verhält sich so. Das, was du da nachplapperst, ist Werbung aus dem Radio. Dein Papa hat es leider versäumt, die Lautstärke rechtzeitig abzudrehen.

Du siehst, ich kann dich nicht immer vor den Widrigkeiten dieser Welt bewahren.

Werbung macht, dass die Leute Dinge kaufen, die sie gar nicht kaufen wollen. Werbung ermöglicht, dass Dinge hergestellt werden, die sonst niemand kaufen würde. Auf Werbung fällt nur ein Prozent der Bevölkerung herein. Die anderen 99 Prozent sind nur genervt davon. Die Mehrheit. Siehst du jetzt, was du angerichtet hast? Du hast eine fürchterliche Werbung in diese Straße hineingeschrien. Hier sind etwa 100 Menschen. Ein Prozent, also einer von denen geht morgen einkaufen. Und jetzt rate mal, wo. Ich werde dieses schlimme Wort jetzt nicht wiederholen.«

»Multipolster!!!!«, schreit Edgar.

»Psst! Bist du ruhig! Also der eine wird dort jetzt einkaufen gehen, er wird Geld bezahlen für ein Produkt, das er eigentlich gar nicht braucht. Ein Teil des Geldes wird dazu verwendet, irgendeinen Arbeitsplatz zu erhalten, und ein anderer Teil des Geldes dazu, um eine noch abscheulichere Werbung herzustellen, damit noch mehr Menschen dort Dinge kaufen, die sie eigentlich nicht brauchen. Und das Schlimme ist: Es schafft Arbeitsplätze. Und wenn du mal groß bist, dann soll es keine Arbeitsplätze mehr geben. Ich will, dass es dir mal besser geht als den Generationen vor dir.«

»Arbeitsplätze?«, fragt Edgar.

»Bist du ruhig! Das ist ein ganz schlimmes Wort, das du da gerade gesagt hast.«

Lt Surf empfiehlt zu diesem Text: *Jimmie Volk – Spring Time Rock. Rocket*, mx series, 1959.
Wieder veröffentlicht auf »Rare Wild Primitive Early Rock Instrumentals«

Drogenbeichte – *Spider*

Du lieber Himmel, was hatte ich für eine Angst, Alkoholiker zu werden. Wegen des Freibiers. Als ich anfing, Texte zu verfassen und Geschichten vorzulesen, machte ich das ja für Freibier. Alte Freunde hatten mich gewarnt: Pass auf, dass du nicht abhängig wirst. Jaja. Ich habe trotzdem getrunken. Kostete ja nichts. Ich habe auch geraucht, obwohl ich Angst hatte, damit eines Tages nicht mehr aufhören zu können. Ich fing aber erst mit den Zigaretten an, als die Schreiberei mir so viel Geld einbrachte, dass ich mir ab und zu eine Schachtel Cabinet Würzig leisten konnte. Vorher hatte ich nicht geraucht, vorher hatte ich höchstens ab und zu eine Kippe bei den Kollegen geschnorrt, alle fünf Minuten. Ich habe gekifft und gekokst, natürlich erst als ich es mir leisten konnte, ich habe Trips geschluckt, E's und Speed. Und ich habe alles bezahlt. Ich habe mit allem auch wieder aufgehört, als ich merkte, dass es mir nicht gut tat, meinem Körper nicht und auch nicht meinem Kopf. Heute trinke ich nicht mal mehr Kaffee. Obwohl ich mir welchen leisten könnte.

Aber süchtig bin ich trotzdem geworden. Nicht nach Alkohol oder Nikotin, Haschisch oder Ecstasy. Ich hänge weder an der Flasche, noch an der Nadel. Nein es ist viel schlimmer.

Ich bin abhängig von Geld. Ich bin süchtig nach Geld. Ich brauche Geld. Jeden Tag brauche ich Geld, und es wird immer mehr, was ich brauche.

Mittlerweile schreibe ich bloß noch für Geld. Für Geld trete ich auf. Solange das funktioniert, muss ich keine krummen Dinger drehen. Schon mal was von Beschaffungskriminalität gehört? Das will ich natürlich vermeiden, so gut es geht. Ich will nicht stehlen, rauben oder betrügen.

Ich möchte meinen Körper nicht verkaufen … – nein halt, das war umgekehrt: Niemand möchte meinen Körper kaufen, so rum ist richtig.

Ich habe aber auch Angst, so zu enden wie diese Menschen, die jede Arbeit annehmen, bloß um Geld zu verdienen. Geld ist ein richtiges Teufelszeug.

Ich habe damals ja gleich mit den richtig harten Sachen angefangen. Mit Ost-Mark habe ich mich gar nicht erst aufgehalten. Ich fing gleich mit D-Mark an. Mittlerweile bin ich voll auf Euro. Zwischendurch habe ich alles ausprobiert, was ich kriegen konnte: Amerikanische Dollar, Schweizer Franken, Dänische Kronen.

Ich bin nicht der einzige Geldsüchtige auf der Welt, natürlich nicht. Es gibt wahrscheinlich einige Dutzend. Die meisten tarnen ihre Abhängigkeit mit scheinbar rationalen Ausflüchten. Ich brauche Geld für die Wohnung, des Auto, die Ausbildung der Kinder, die dritten Zähne, für Essen, Trinken, Nutten oder Drogen. Aber ich weiß, dass sie alle in Wirklichkeit nur das Geld an sich wollen. Mir kann keiner was vormachen, denn ich bin einer von ihnen.

Was halten Sie denn zum Beispiel von Leuten, die angeblich bloß wegen des Geschmacks trinken: Südhang, Sandboden, Spätlese? Oder die bloß zur Entspannung rauchen? Und die sonst selbstverständlich alles unter Kontrolle haben? Na? Na also! Mir macht keiner etwas vor.

Ich habe es ja mal mit einem Entzug probiert. Habe mich beraten lassen. Es gibt so eine Hartz-IV-Therapie, bei der man Geld von der Kasse erhält, und wo die Dosis langsam, ausschleichend gesenkt wird. Aber ich habe das keinen Monat ausgehalten und bin rückfällig geworden. Die sind doch außerdem alle selber geldsüchtig, diese Hartz-IV-Therapeuten. Wasser predigen und selber Wein saufen. Die sind wie Ärzte, die sich selbst am Giftschrank bedienen. Mir macht keiner was vor.

Ich kenn mich aus. Ich bin ein alter Hase in dem Metier. Ich horte Geld, weil ich den Gedanken nicht ertragen kann, es könnte morgen alle sein. Das ist so eine fixe Idee von mir. Ich kann auch nichts abgeben. Ich weiß, das gehört sich nicht, ich weiß, man sollte auch gerade als Abhängiger mit anderen teilen können, aber ich kann das nicht. Es gibt auch viel zu viele Schnorrer. Ich kenne mich doch aus.

Ich komme nicht los von meiner Sucht, aber mittlerweile schreibe ich Texte darüber. Elendsgeschichten wollen die Leute eigentlich immer lesen oder hören. Wenn ich Glück habe, kann ich damit sogar Geld verdienen. Geld! Ein Teufelskreis.

Lt Surf empfiehlt zu diesem Text: *Godfrey – Let's Take a Trip*.
Ein Song von Kim Fowley, der auch diese Variation für Godfrey geschrieben hat.
Album »Pebbles Volume Three«, BFD Records, 1979

Heraus zum 2. Mai – *Ahne*

Wir hatten so was noch nie gemacht. Also, dabei waren wir schon. Als der BFC noch naturgesetzmäßig Meister wurde, waren wir dabei. Saßen herum, auf den Schultern unserer Eltern. Spider auf denen seines Vaters, der Kosmonaut war, ich auf denen meiner Mutter, da sich mein Vater, der auch Kosmonaut war, eine andere Mutter gesucht hatte. Enthusiastisch winkten wir dem Zentralkomitee zu, wir wussten ja damals noch nichts von dem ganzen Schlimmen. Davon wusste ja kaum einer was, erst recht nicht wir. Ich war ja gerade erst mal 14 und Spider gerade erst mal … auch. Er ist ja dann erst später jünger geworden. Zurückgeblieben kann man sagen. Ich habe ihn altersmäßig abgehängt. Als wir dann endlich wirklich etwas wussten, waren wir auch wieder dabei, im Herbst '89, wieder auf den Schultern unserer Eltern. Meiner Mutter tut heute noch der Rücken weh. »Wir sind das Volk« riefen wir, und die anderen machten es uns nach, riefen dasselbe, immer dasselbe. In Berlin jedenfalls. Beim Stille-Post-Spielen bis nach Sachsen kam natürlich etwas anderes bei raus. »Wir sind ein Volk« riefen die plötzlich, einige hatten sogar verstanden »Wir sind ein Volk, ein Reich, ein Führer«. Die waren aber total doof. Dis is ja wohl ein viel längerer Satz.

Noch später, im Westen, lernten wir dann, dass es nicht genügt, mitzulaufen, zu winken und zu rufen, nein, man muss auch Ketten bilden, Kapuze aufsetzen, auch bei Hitze, und man muss natürlich den Lautsprecherwagen schützen. Auf dem Weg in die Anarchie hieß es viele Gesetze und Gebote zu beachten. Kein Alkohol, nicht durch den Frauenblock laufen, die Dramaturgie nicht stören. Lieder, wie »Ratatatata ich bin ein Panzer« oder »Meine Mutti ist Abteilungsleiter« behindern lediglich die Revolution. Und die Lage war selbstverständlich ernst. Jede Minute konnten die Volksmassen unter Führung des vermummten Lautsprecherwagens die Herrschenden vom Thron stürzen und dann, dann …, na jedenfalls nicht »Meine Mutti ist Abteilungsleiter«.

Selbst angemeldet aber hatten wir eine Demonstration noch nie. Uns schwebte ja schon lange so was im Kopf rum. Die Arbeiter hatten ihren Feiertag, die Frauen, die Verliebten, die Eisenbahner, selbst die Pfandflaschen, oder hatte ich das nur geträumt? Wir sind ja die Liga für Kampf und Freizeit und als solche verpflichtet, die Welt besser zu machen. Also gebaren wir eines verregneten Nachmittages die Idee des Internationalen Kampf- und Feiertages der Arbeitslosen aus unseren unterforderten Gebärmuttern. Als Termin wurde der 2. Mai erkoren, weil der 1. Mai schon vergeben war und am 24. Dezember meine Großmutter Geburtstag hat. Glücklicherweise hat ja am 2. Mai gar keiner Geburtstag, da können zum Glück immer alle kommen, weshalb auch das Abstimmungsergebnis mit vier Ja-Stimmen, bei einer Enthaltung, dementsprechend totalitär ausfiel. Und die Enthaltung, da kriegen wir auch noch raus, wer das war!

Das historische Jahr hörte auf den Namen 2005. Zum ersten Mal sollten Menschen in aller Welt demonstrieren für ein Leben ohne Not und gegen den Zwang zur Lohnarbeit. Spontane Zusagen erreichten uns aus Lyon, Zürich, Dresden, Kiel, Luzern, Nancy und Rio de Janeiro, obwohl es mich doch etwas wunderte, dass die Karte aus Rio in Deutschland abgestempelt wurde, na ja.

Spider und ich erhielten den Auftrag, die Demo in Berlin anzumelden. Also mussten wir uns eine Route zurechtbasteln. Der Plan durch sämtliche großen Straßen der Hauptstadt zu marschieren und somit den Berufsverkehr vollkommen lahmzulegen, erschien uns denn doch etwas zu anstrengend. Außerdem war dieses wohl eher eine Angelegenheit der Arbeitsgruppe für die Demonstration »Stoppt sinnlose Demonstrationen«. Nein, der 2. Mai sollte kein Kabarett werden. Stein schlug vor, sich im Mauerpark zu treffen um zu meditieren, doch nachdem sich herausstellte, dass kaum jemand wusste, was meditieren überhaupt bedeutete, beschlossen Herr Spider und Herr Ich einfach auf eigene Faust die Demo-Route festzulegen. Vom Senefelder Platz bis zu den Schön-Schöner-Schönhauser Allee Arcaden und zurück.

Spider hatte geträumt, dass man politische Aufzüge bei jeder Polizeiwache Berlins anmelden könne, und so trafen wir uns eines schönen Morgens um 13 Uhr bei Konopke. Von dort bis zum Revier in der Eberswalder Straße war der Weg kaum zwei Currywürste lang.

Eine Uniformierte empfing uns begeistert: »Demonstration, dafür sind wir hier nicht zuständig, das machen wir hier nicht, da müssen sie zum Platz der Luftbrücke, zur Zentrale.« Wir standen da wie erstarrt. So eine Mistpocke! Sollte das das Ende sein?! Platz der Luftbrücke, den gab's doch bestimmt gar nicht, dis war doch garantiert so was Ähnliches wie Wolkenkuckucksheim, Siehstenich oder Absurdistan. Die hatte doch nur keine Lust zu arbeiten, die Zicke! Aber warum stand sie dann nicht auf unserer Seite? Zum Glück guckte plötzlich aus der Tür noch ein anderer Uniformkopf heraus, der ihre Aussage dezidiert abschwächte. »Demonstration? Wo? Hier? Na, dann kommt ma mit.« Keine fünf Minuten später waren wir beide Verantwortliche im Sinne des Pressegesetzes (V.i.S.d.P.), und ungeheuer stolz. So ging also Demokratie, aha, jetzt hatten wir sie endlich verstanden!

Die Polizei wollte tatsächlich für uns die Schönhauser Allee sperren, allerdings nur, wenn wir, wie angegeben, wirklich 50 Teilnehmer wären. Auch die Benutzung von Megaphon und Diskorollstuhl waren an diese Anzahl geknüpft. Es hieß also, die Massen zu mobilisieren. Wir besaßen ja Verbindungen zu Presse, Funk und Fernsehen – aber wollten wir die in Anspruch nehmen? Nö! Wollten wir nicht. Nö, dis wollten wir nicht. Wir setzten voll auf die Mund-zu-Mund-Propaganda. Tube mischte sich unter Raucher und Robert Weber half bei Umzügen mit. So wusste bald das ganze Volk von dem großen Ereignis.

Am 2. Mai gegen 13 Uhr versammelten sich dann dementsprechend auch mehr als 20 Personen am Senefelder Platz. Unter ihnen prominente Show-Größen wie Tarzan, Dr. Flasche und Roger der Puppenspieler. Die Polizei, die uns zur Seite stand, verdoppelte die Teilnehmerzahl noch mal mindestens auf das Doppelte. Um viertel zwei waren wir also fast 49 Anwesende. Trotzdem bestanden die Beamten auf dem kleinkarierten Papierquatsch. Wir sollten auf dem Bürgersteig laufen, dafür dürften wir dann aber Megaphon und Diskorollstuhl benutzen. Ein Kompromissvorschlag. Unsere Antwort darauf hieß: Okay! Wir waren auf Gewalt einfach schlecht vorbereitet und hatten auch eigentlich gar keine Lust. Außerdem, wohin mit den Transparenten? Die waren teilweise unhandlich und entsetzlich schwer. Wichtig für den nächsten 2. Mai: moderne Materialien entwickeln. Ultraleicht aber unzerbrechlich. Vielleicht Schilder zum Aufpusten. Außerdem müssen die Parolen auf unseren Transparenten besser koordiniert werden. Das Wort ›arbeitslos‹ oder ›Arbeitsloser‹ hatte zum Beispiel absolut niemand verwendet, während ›Rettet die Schneehasen‹ oder ›Gitarren statt Knarren‹ am Thema vorbeischrammten. Haarscharf zwar nur, trotzdem. Allerdings ging es uns ja auch um die Bündnisfähigkeit. So gesehen war die Demonstration äußerst erfolgreich. Selbst die Polizei unterstützte uns mit jeder Menge Verbesserungsvorschlägen. »Wollter nich 'ne Zwischenkundgebung vor den Arcaden machen, da sind imma ville Leute?« Oder »Und 'ne andre Musik brauchta, eene wo man zu marschieren kann.« Daraufhin erklärte sich Tarzan umgehend bereit, mit seiner Band ›Mocca Edel‹ 2006 den Soundtrack zur Demo zu liefern. O-Ton: »Dit machick nächstema, hörste, bisschen Ska, kennste Ska, denn Metal, Metal kennste ja wa, und noch Hiphop, hörste Hiphop, dit zusammen mit Marschmusik, dit kommt jut, machick, Tarzan übrigens mein Name, anjenehm, Mocca-Edel, Bluesrock, Ost-Berlin!«

Unser Aufzug wuchs zeitweise auf gefühlte 5000 Menschen an. Die Polizei sprach von 40, aber das kennt man ja, die Wahrheit liegt immer irgendwo in der Mitte. Einigen wir uns also einfach mal um des lieben Friedens willen auf 2400. Ein Riesenerfolg damit. Er wird Wellen schlagen, der 1. Internationale Kampftag der Arbeitslosen. Schon bald wird man unsere Forderungen nicht mehr ignorieren können, ›Nie wieder sinnlose Produkte‹, ›Rationalisierung jetzt!‹, ›Kein Schweiß für Geld‹. Von Tokio bis nach San Francisco wird der

2. Mai ein Feiertag werden, soviel steht wohl schon jetzt fest. Doch richtig zufrieden werden wir natürlich erst sein, wenn alle 365 Tage im Jahr Feiertage geworden sind. Is so!

P.S.: Aus Rio erreichten uns leider keine Informationen.

Lt Surf empfiehlt zu diesem Text: *Gerd Michaelis Chor – Dieses Jahr. Album »Gerd Michaelis Chor«*, Amiga, 1974.
Unter anderem mit dem Betonbauer, Kraftfahrer, Winzer, Briefträger, Hafenarbeiter und Sänger Hartmut Schulze-Gerlach, alias Muck, alias Thommy Raiker

Gebet gegen die Arbeit – *Michael Stein*

Arbeit!
Geißel der Menschheit!
Verflucht seist du bis ans Ende aller Tage
Du, die du uns Elend bringst und Not
Uns zu Krüppeln machst und zu Idioten
Uns schlechte Laune schaffst und unnütz Zwietracht säst
Uns den Tag raubst und die Nacht
Verflucht seist du
Verflucht
In Ewigkeit
Amen

Lt Surf empfiehlt zu diesem Text: *Jeans Team – Das Zelt.* p+c Louisville records, 2006

Die Surfpoeten

AHNE: Lieblingspilz: Krause Glucke
Lieblingsfarbe: Grau
Lieblingsessen: Blutwurst
Lieblingsbuch: »Die andere Seite« von Alfred Kubin
Lieblingstiere: Igel und Schildkröten

Ahne sammelt Ansichtspostkarten, und wenn er nicht gerade schläft, ist er wach. Außer bei den Surfpoeten ist er noch jeden Sonntag in der »Show Royale« auf Radio Eins zu erleben und danach ab 20.15 Uhr im Kaffee Burger bei der Reformbühne Heim & Welt.

ANDREAS »SPIDER« KRENZKE: Kultschrifteller, sehr gut aussehender Mittdreißiger, total berühmt, urst reich, Weiberheld, goldenes Auto, feuchtes Toilettenpapier, viele Pferde, wohnt in einem Palast in Berlin. Sehr sensibler unglücklicher Typ, leidet darunter, dass niemand ihn versteht. Willst du ihn retten?

MICHAEL STEIN: Hat früher auch Geschichten geschrieben, um die die Welt zu verändern; hat die Welt damit aber nicht verändern können und schreibt deshalb heute keine Geschichten mehr; stattdessen überzeugt er die Zuhörer von seinen Ideen in frei gesprochenen Vorträgen, die auch manchmal thematisch sehr vielfältig sein können. Häufig kommentiert er auch Artikel aus BZ oder Bild und erklärt dem Publikum, wie man sich tatsächlich eine Meinung zu bilden habe.

TUBE: Was Tube macht, wenn er nicht bei den Surfpoeten liest: Liest einmal die Woche bei LSD, kann Computerprogramme in fast jeder x-beliebigen Programmiersprache schreiben, hat mal früher sogar ein Computerspiel gemacht. Das Spiel heißt Atomino. Mit etwas Glück findet man im Netz eine Raubkopie des Uraltgames. Außerdem testet Tube derzeit in einem aufopferungsvollen Selbstexperiment an einer privaten Universität, was Lohnarbeit ist.

SARAH: Die Frau an der Kasse der Surfpoeten – geht stramm auf die 30 zu, studiert Bühnenbild an der KHB, ist offizielle Kassendame der Surfpoeten und der Reformbühne Heim & Welt und glücklich verheiratet mit einem wilden Bulgar.

ROBERT WEBER: ist irgendwann in den Sechzigern geboren und stirbt irgendwann im 21. Jahrhundert. Dazwischen zahlreiche Berufe, zuletzt Schriftsteller, Liebesgeschichten und Affären. Der Nachwelt hinterlässt er so gut wie nichts von Bedeutung außer ein paar kleinere Beiträge zur Weltliteratur, nachzulesen hier.

LT. SURF: Lt. Surf alias Olaf Eichhorst, Empfangsfunker, Kulturwissenschaftler, DJ und Hobbydozent. Autor von »Dein Plan für die kommende Woche« und verantwortlich für die Tanzveranstaltungen der Surfpoeten.
Hat gerade zwei süße Katzen abzugeben. Bitte melden, es ist dringend!

Die Surfpoeten grüßen und danken

Ahne grüßt

Julika, Oskar, Sasha und Katja (bald bin ich reich, dann kaufen wir einen Garten), meine Familie, alle Lesebühnen weltweit, die Raumstation speziell Bob und Marion, die Lottumstraße mit ihrem Freudenhaus, ATAK, Petra, Jaromir Konecny, den vietnamesischen Koch vom Hybriden, den BFC Dynamo, Jan Off, Ko Bylanzky und Rayl Patzak, Kerstin Gleba, Wladimir Kaminer, die Baiz, Acapulco Radio, Will and the boys, Andreas Gläser, Fil, Ebony Browne (vielleicht bist du ja irgendwo in einer anderen Welt), die ehemaligen Mannschaftskameraden der Schriftstellerfußballnationalmannschaft, Hans Meyer, Kofi Annan, Konrad Endler, den Schallplattenladen Station B, die Gaststätte »Zum Schusterjungen« und das Bekleidungswarenfachgeschäft Hoolywood, sowie alle Menschen, die gut sind.

Spider dankt

der Welt, obwohl es an ihr so einiges auszusetzen gibt – aber kann man ihr wirklich böse sein?

Sarah dankt

Jordan, Jelena, Markus Straeten, Janet, Susanne Bax, Böldicke, Roland Schimmelpfennig :-) , sowie allen Uschis im Herzen.

Robert Weber
dankt allen, die ihm jemals was auf den Anrufbeantworter gesprochen haben.

Lieutenant Surf
Jette und meiner Familie für alles, und das ist viel, den neuen Dosenöffnern meiner ehemaligen Katzen, dem Wetter und dem Frieden.

Ahne

»Zwiegespräche mit Gott«

Gott wohnt in der Choriner Straße 61. Er ist im Mai 2004 umgezogen, von der 63 in die 61. Viele kennen ihn sicher noch aus der 63. Ahne wohnt in der Nähe und unterhält sich öfter mit Gott. Um nun der Welt zu zeigen, dass Gott nicht so ist, wie manche denken, haben sich Menschen entschlossen, diese Gespräche im Radio zu senden (in der Show Royale auf Radio Eins), auf der Bühne zu präsentieren (bei den Surfpoeten und der Reformbühne Heim & Welt) und nun auch noch als Buch mit CD herauszubringen.

»Danke Ahne!« (*Berliner Zeitung*)

»Für Fans ein absolutes Muss.« (*Radio Eins*)

Buch und Audio-CD
144 Seiten
ISBN 978-3-938424-17-9
EURO 13,90

… mehr zum Lesen und Hören bei Voland & Quist …

Andreas »Spider« Krenzke

»Im Arbeitslosenpark«

Spider seziert seine Umwelt mit messerscharfem Blick, seine Geschichten sind facettenreich, hintergründig und voller Humor. Man wundert sich beim Lesen über originelle Ideen und lacht über treffende Milieuschilderungen und skurrile Charaktere. Spider beschreibt das Leben der Underdogs in der »Berliner Republik«.

»Der Shooting Star der Berliner Lesebühnen.«
(*Deutschlandfunk*)

»Hier wurde ein Hörbuch im wahrsten Sinne des Wortes zusammengestellt. Fantastisch!« *Uncle Sally*s*

Buch und Audio-CD
144 Seiten
ISBN 978-3-938424-12-4
Euro 12,80

Lese- und Hörproben unter www.voland-quist.de